谈美说画

吴冠中散文精选集

吴冠中 著

新世界出版社
NEW WORLD PRESS

图书在版编目（CIP）数据

谈美说画：吴冠中散文精选集 / 吴冠中著 . -- 北京：新世界出版社，2022.4（2024.9重印）
ISBN 978-7-5104-7470-5

Ⅰ . ①谈… Ⅱ . ①吴… Ⅲ . ①散文集—中国—当代
Ⅳ . ① I267

中国版本图书馆 CIP 数据核字 (2022) 第 030606 号

谈美说画：吴冠中散文精选集

作　　者：吴冠中
责任编辑：丁　鼎
装帧设计：末末美书
责任校对：宣　慧
责任印制：王宝根　高　金
出　　版：新世界出版社
网　　址：http://www.nwp.com.cn
社　　址：北京西城区百万庄大街 24 号（100037）
发 行 部：(010)6899 5968（电话）　(010)6899 0635（电话）
总 编 室：(010)6899 5424（电话）　(010)6832 6679（传真）
版 权 部：+8610 6899 6306（电话）　nwpcd@sina.com（电邮）
印　　刷：天津旭丰源印刷有限公司
经　　销：新华书店
开　　本：880mm×1230mm　1/32　尺寸：145mm×210mm
字　　数：200 千字　　　　　　　印张：8.5
版　　次：2022 年 4 月第 1 版　2024 年 9 月第 2 次印刷
书　　号：ISBN 978-7-5104-7470-5
定　　价：69.80 元

目录

美学常识

美话人生

美学小札

美学常识

年華老去不回首
白髮底事憶故園
一九八八年吴冠中

時客居北京
龍潭湖
畔

绘画的形式美

美与漂亮

我曾在山西见过一件不大的木雕佛像，半躺着，姿态生动，结构严谨，节奏感强，设色华丽而沉着，实在美极了！我无能考证这是哪一朝的作品，当然是件相当古老的文物，拿到眼前细看，满身都是虫蛀的小孔，肉麻可怕。我说这件作品美，但不漂亮。没有必要咬文嚼字来区别美与漂亮，但美与漂亮在造型艺术领域里确是两个完全不同的概念。漂亮一般是缘于渲染得细腻、柔和、光挺，或质地材料的贵重，如金银、珠宝、翡翠、象牙，等等；而美感之产生多半缘于形象结构或色彩组织的艺术效果。

你总不愿意穿极不合身的漂亮丝绸衣服吧，宁可穿粗布的大方合身的朴素服装，这说明美比漂亮的价值高。泥巴不漂亮，但塑成《收租院》或《农奴愤》是美的。不值钱的石头凿成了云冈、龙门的千古杰作。我见过一件石雕工艺品，是雕的大盆瓜果什物，大瓜小果、瓜叶瓜柄，材料本身是漂亮的，雕工也精细，但猛一看，像是开膛后见到的一堆肝肠心肺，丑极了！我当学生时，拿作品给老师看，如老师说："哼！漂亮啊！"我立即感到难受，那是贬词啊！当然既美又漂亮的作品不少，那很好，不漂亮而美的作品也丝毫不损其伟大。

美术中的悲剧作品一般是美而不漂亮的，如珂勒惠支的版画，如凡·高的《轮转中的囚徒们》……鲁迅说悲剧是将有价值的东西毁灭给人看，为什么美术创作就不能冲破悲剧这禁区呢！

创作与习作

新中国成立以来，我们将创作与习作分得很清楚、很机械，甚至很对立。我刚回国时，听到这种区分很反感，认为毫无道理，是不符合美术创作规律的，是错误的。艺术劳动是一个整体，创作或习作无非是两个概念，可作为一事之两面来理解。而我们的实际情况呢，凡是写生、描写或刻画具体对象的都被称为习作（正因为是习作，你可以无动于衷地抄摹对象）。只有描摹一个事件，一个什么情节、故事，这才算"创作"。造型艺术除了"表现什么"之外，"如何表现"的问题实在是千千万万艺术家们在苦心探索的重大课题，亦是美术史中的明确标杆。印象派在色彩上的推进作用是任何人否认不了的，你能说他们这些写生画只是习作吗？那些装腔作势的蹩脚故事情节画称它们为习作倒也已是善意的鼓励了！

当然我们盼望看到艺术性强的表现重大题材的杰作，但《阿Q正传》或贾宝玉的故事又何尝不是我们的国宝？在造型艺术的形象思维中，说得更具体一点是形式思维。形式美是美术创作中关键的一环，是我们为人民服务的独特手法。我有一回在绍兴田野写生，遇到一个小小的池塘，其间红萍绿藻，被一夜东风吹卷成极有韵律感的纹样，撒上厚薄不匀的油菜花，衬以深色的倒影，优美意境令我神往，久久不肯离去。但这种“无标题美术”我画了岂不被批个狗血喷头！归途中一路沉思，忽然想到一个窍门：设法在倒影远处一角画入劳动的人群红旗，点题“岸上东风吹遍”不就行了吗！翌晨，我急急忙忙背着画箱赶到那池塘边。天哪！一夜西风，摧毁了水面文章。还是那些红萍、绿藻、黄花……内容未改，但组织关系改变了，形式变了，失去了韵律感，失去了美感！我再也不想画了！

我并不认为外国的月亮比中国的圆，但介绍一点他们的创作方法作为参考总也应允许吧！那是20世纪50年代我在巴黎学习时，我们工作室接受巴黎音乐学院的四幅壁画：古典音乐、中世纪音乐、浪漫主义音乐和现代音乐。创作草图时，是先起草这四种音乐特色的形线抽象构图，比方以均衡和谐的布局来表现古典的典雅，以奔放动荡的线组来歌颂浪漫的热情……然后组织人物形象：舞蹈的姑娘、弄琴的乐师、诗人荷马……而这些人物形象的组合，其高、低、横、斜、曲、直的相互关系必须紧密适应形式在先的抽象形线构图，以保证突出各幅作品的节奏特点。

个人感受与风格

儿童作画主要凭感受与感觉。感觉中有一个极可贵的因素，就是错觉。大眼睛、黑辫子、苍松与小鸟，这些具特色的对象在儿童的心目中形象分外鲜明，他们所感受到与表现出来的往往超过了客观的尺度，因此也可说是“错觉”。但它却经常被某些拿着所谓客观真实棍棒的美术教师打击、扼杀。

我常喜欢画鳞次栉比、密密麻麻的城市房屋或参差错落的稠密山村，美就美在鳞次栉比和参差错落。有时碰上时间富裕，呵！这次我要严格准确地画个精确，但结果反而不如凭感觉表现出来的效果更显得丰富而多变化，因为后者某些部位是强调了参差，重复了层次，如用摄影和透视法来比较检查，那是远远出格的了。

情与理不仅是相对的，往往是对立的。我属科班出身，初学素描时也曾用目测、量比、垂线检查等方法要求严格地描画对象。画家当然起码要具备描画物象的能力，但关键问题是能否敏锐地捕捉住对象的美。理，要求客观，纯客观；情，偏于自我感受，孕育着错觉。严格要求描写客观的训练并不就是通往艺术的道路，有时反而是歧途、迷途，甚至与艺术背道而驰！

我当学生时有一次画女裸体，那是个身躯硕大的中年妇女，坐着显得特别稳重，头较小。老师说他从这对象上感到的是巴黎圣母院。他指的是中世纪哥特式建筑的造型感。这一句话，确启示了学生们的感觉与错觉。个人感受之差异，也是个人风格形成的因素之一。毕沙罗与塞尚有一回肩碰肩画同一对象，两个过路的法国农民停下来看了好久，临走给了一句评语：“一个在凿（指毕沙罗），另一个在切（指塞尚）。”而我们几十个学生的课堂作业就不许出现半点不同的手法，这已是长期的现象了吧！

风格之形成绝非出于做作，是长期实践中忠实于自己感受的自然结果。个人感受、个人爱好，往往形成作者最拿手的题材。人们喜爱周信芳追、跑、打、杀的强烈表情，也喜欢凄凄惨惨戚戚的程腔。潘天寿的钢筋水泥构成与林风眠的宇宙一体都出于数十年的修道。

风格是可贵的，但它往往使作者成为荣誉的囚犯，为风格所束缚而不敢创造新境。

古代和现代，东方和西方

原始时代人类的绘画，东方和西方是没有多大区别的。表现手法的差异主要缘于西方科学的兴起。解剖、透视、立体感等等技法的发现使绘画能充分表现对象的客观真实性，接近摄影。照相机发明之前，手工摄影实际上便是绘画的主要社会功能。我一向认为伦勃朗、委拉斯开兹、哈尔斯等等西方古代大师们其实就是他们社会当时杰出的摄影师。这样说并非抹杀他们作品中除“像”以外的艺术价值。古代的伟大杰作除具备多种社会价值外，其中必有美之因素，也是最基本、最主要的因素。很“像”很“真实”，或很精致的古代作品不知有千千万万，如果不美，它们绝无美术价值。现代美术家明悟、理解、分析透了古代绘画作品中的美的因素及其条件，发展了这些因素和条件，扬弃了今天已不必要的被动地拘谨地对对象的描摹，从画

茶
1985

“像”工作的桎梏中解放出来，尽情发挥和创造美的领域，这是绘画发展中的飞跃。如果说西方古代艺术的主体是客观真实，其中潜伏着一些美感，那么现代绘画则是在客观物象中扬弃不必要的物件叙说，集中精力捕捉潜伏其中的美，而将它奉为绘画的至尊者。毕加索从古希腊艺术中提炼出许多造型新意，他又将德拉克洛瓦的《阿尔及尔妇女》一画翻新，改画成一组新作，好比将一篇古文译成各种文体的现代作品。这种例子在现代绘画史中并不少见，就如鲁迅的《故事新编》。

我国的绘画没有受到西方文艺复兴技法的洗礼，表现手法固有独到处，相对说又是较狭窄、贫乏的，但主流始终是表现对象的美感，这一条美感路线似乎倒被干扰得少些。现代西方画家重视、珍视我们的传统绘画，这是必然的。古代东方和现代西方并不遥远，已是近邻，他们之间不仅一见钟情，发生初恋，而且必然要结成姻亲，育出一代新人。东山魁夷就属这一代新人！展开周昉的《簪花仕女图》和波提切利的《春》，尤脱利罗的《巴黎雪景》和杨柳青年画的《瑞雪丰年》，马蒂斯和蔚县剪纸，宋徽宗的《祥龙石》与抽象派……他们之间有着许多共同感受，像哑巴夫妻，即使语言隔阂，却默默地深深地相爱着！

美，形式美，已是科学，是可分析、解剖的。对具有独特成就的作者或作品造型手法的分析，在西方美术学院中早已成为平常的讲授内容，但在我国的美术院校中尚属禁区，青年学生对这一主要专业知识的无知程度是惊人的！法国19世纪农村风景画的展出在美术界引起的不满足是值得重视的，为什么在卫星上天的今天还只能展出外国的蒸汽机呢！广大美术工作者希望开放欧洲现代绘画，要大谈特谈形式美的科学性，这是造型艺术的显微镜和解剖刀，要用它来总结我们的传统，丰富发展我们的传统。油画必须民族化，中国画必须现代化，似乎看了东山魁夷的探索之后我们对东方和西方结合的问题才开始有点清醒。

意境与无题

造型艺术成功地表现了动人心魄的重大题材或可歌可泣的史诗，如霍去病墓前的石雕《马踏匈奴》、罗丹的《加莱义民》、德拉克洛瓦的《希奥岛的屠杀》……中外美术史中不胜枚举。美术与政治、文学等直接地、紧密地配合，如宣传画、插图、连环画……成功的例子也比比皆是，它们起到了巨大的社会作用。同时我也希望看到更多独立的美术作品，它们有自己的造型美意境，而并不负有向你说教的额外任务。当我看到法国画家夏凡纳的一些壁画，被画中宁静的形象世界所吸引：其间有丛林、沉思的人们、羊群，轻舟正缓缓驶过小河……我完全记不得每幅作品的题目，当时也就根本不想去了解是什么题目，只令我陶醉在作者的形象意境中了。我将这些作品名为无题。我国诗词中也有不少作品标为无题的。无题并非无思想性，只是意味深远的诗境难用简单的一个题目来概括而已。绘画作品的无题当更易理解，因形象之美往往非语言所能代替，何必一定要用言语来干扰无言之美呢！

初学者之路

数十年来我作为一个美术教师确曾教过不少学生，但我担心的是又曾毒害过多少青年！美术教师主要是教美之术，讲授形式美的规律与法则。数十年来，在谈及形式便被批为形式主义的恶劣环境中谁又愿当普罗米修斯啊！教学内容无非是比着对象描画的“画术”，堂而皇之所谓“写实主义”者也！好心的教师认为到高年级可谈点形式，这好比吃饱饭后才可尝杯咖啡或冰激凌！但我不知道从抄袭对象的“写实”到表达情绪的艺术美之间有没有吊桥！我认为形式美是美术教学的主要内容，描画对象的能力只是绘画手法之一，它始终是辅助捕捉对象美感的手段，居于从属地位。而如何认识、理解对象的美感，分析并掌握构成其美感的形式因素，应是美术教学的一个重要环节，是美术院校学生的主食！

（1979年）

造型艺术离不开对人体美的研究

文学表现人的内心，需要剖析心理，这是理所当然的、科学的。丑也好，善也好，都是挖掘人的心灵深处。美术表现人的形象，同样要解剖人，脱去外加的衣服，人本身是赤裸裸的！用形式表现外形，用文字刻画内心，都必须科学地研究人，本质的人。人生到世界上来，本来是赤裸裸的。人是很美的，当然人类并不认为自己是丑的，而觉得是美的。从造型角度分析，美的因素在哪里呢？人，是活的机体，有块有肢，有头、手、脚，有硬骨与软体，是极复杂又极微妙的完整结构。他能站起来，能坐下去，能躺倒，能斜着一只脚独立，能跑、跳、舞，能像燕子似的滑翔……动也好，静也好，其间都交织着形体结构的稳定感和运动感。这是造型美感的基础，它们是基于科学的生理结构的，否则就会站不稳、跃不起。我们观察千变万化的自然形态，比较各式各样的形象，有的看了感到舒服，有的不舒服，无论山峰、建筑、树木、家具……或厚重，或苍劲，或轻快，或苗条，这些感觉的产生，都是与人本身的生理机能结构分不开的。感觉的舒服基于生理机体的舒服。你坐得舒适了，外形就易给人舒适之感，因人们对坐得舒适与不舒适的感觉是共通的。同样，对一件物什，一把壶，一个罐子……高了、矮了、大了、小了……这也是人的自我感受。所以人们欣赏美，多半本源于人体本身的美。凡是违反了人的生理机能和动作规律，违反了人的基本结构，就感觉不舒服了，就不美。我每看一群树，犹如看一群人，观察它们之间的相互穿插、相互呼应和相互抱合的关系，这犹如邻居相争吵或朋友相叙旧的关系，当然我们听不到它们的声音，我们只从它们的形体上感到一切。这一切基于人体生理结构，基于人体美。造型艺术家要钻研人体美是天经地义的基本功。造型美的基本因素，如均衡、对比、稳定、变化统一，等等，都存在于人体中，在美术教学中，这方面的问题最明显，最易理解。

英国的雕刻家亨利·摩尔，他凿出来的人体已不完全是人的外表皮相，他表达了人的动和静、伸和缩，歌颂了宇宙主人的力量！有人说他的灵感来自东方，他从我们的假山石里获得了重大的启示。我却要反过来思考，那么我们的假山石又从哪里得来的启示呢？是从人体得来的。尽管设计假山石的艺人巧匠没有写生过人体，假山石的结构美是抽象的，但其起、伏、挑、擢的抽象美，并非是文艺之神阿波罗的恩赐，其实只是人们蹲、卧、前扑与回顾等生理活动的潜在的转化。即使这种潜在的关系被深深隐藏着，但在罗丹、摩尔这些有着长期丰富造型实践的艺术家看来是一目了然的，这是形式的科学。也许别人对假山某处多一块或少一块石头是无所谓的吧，但在大师眼中那却是生命攸关的脑袋问题！书法也一样，一撇一捺，骑稳没有？跨够了吗？或求严谨，或爱奔放，这些不同感情的体现依据的是人体机能，是人体美。吴道子作画前要看舞剑，搏斗启发了大草书，这些都不是唯心论吧！所以我认为造型艺术是离不开对人体美的研究的。

西方艺术发展的历史也不短了，遗产很丰富，除了中世纪以外，造型艺术的精华可以说大部分都存在于人体美之中。我可能讲得片面些。当然艺术的思想性和深刻的社会意义还是极重要的，但从造型美、形式美的角度来研究，自希腊、罗马以来，人体美是他们代代耕耘的美的沃土、开掘的美的矿源。不理解人体美，便无法体会西方美术。因此，在艺术教育中，除了继承发扬我国固有的造型体系外，同时要吸取外来的血液，人体这门课程是不可或缺的，而且要深入钻研，不只是点缀而已。即使有的学生日后不当人物画家，也要研究人体美。我自己画过半辈子人体，今天老了，只画风景，不画人体了，但说句良心话，我庆幸在长期人体研究中窥见了西方造型美的门径。

在艺术中表现裸体，同社会风俗要发生矛盾。这不仅在中国是如此，在西洋也是有这问题的，不过程度不同而已。就说希腊那样风行裸体艺术的时期吧，有一位经常当女裸体模特儿的叫芙罕内，就被控告有伤风化，被法庭拘捕审讯。后来开庭时，因她的出色美貌被免罪释放了。我国的封建意识根深蒂固，男女授受不亲。古代妇女生病，只能从帐子里伸出一只手来让医生按脉，甚至用一根线缚在脉门上由医生去摸线开方。我总记得鲁迅讲过，即使如何如何爱国，总不能掩饰我们落后的、反科学的东西。我们的人物画如不研究人体，必然越来越不行了，这与医生不解剖人体是一样的荒谬。像任伯年等许多人物画家是有才能、有功力的，但对人体的表现还只停留在概念的阶段，吃了很大的亏。我们的青年一代绝不满足只做任伯年的继承人吧！

我们的封建社会那么长，绝不让人们公开看裸体，因此见到裸体就不得了，这是现实问题，不得不考虑。这回北京油画研究会展览了几幅裸体，有的色彩斑斑，有的偏于变形，女裸的生理特征并不突出，但有一幅很写实，肤色体形就像躺着的女裸体摄影，展出期间围着这画看的人特别多，其中多半不是欣赏艺术，而是来看别处无法看到的女裸体的，这起了不好的副作用，有些观众提了十分生气和尖锐的意见。在湖南展出时，我也正好在湖南，曾有人为此向我提出质问。还听说，过去展出裸体时，有人拍了照当黄色图片去卖，所以这回油画研究会的展览只好禁止拍照。艺术学院教室里画裸体本是课堂作业，作业挂出观摩是成绩汇报，但学院里有许多青年临时工，他们见了可稀奇了，又造成了坏影响。这些情况都对我们研究裸体不利，是容易给我们抹黑的。为了珍惜我们对艺术严肃认真的探索，保卫我们刚获得的艺术创作自由，我希望纯习作性的裸体不必公开展出，尤其不要在公园等公共场所展出。破除封建的工作，还是要有步骤、有阶段地进行。鲁迅先生洗澡不避孩子这是实实在在的基本教育，突如其来地让今天的青少年看女裸体恐怕还是害多益少吧！

（1980年）

夏凡纳的壁画

人们都做过各式各样的梦。做了噩梦，惊醒时通身汗湿，怦怦心跳，余悸犹在。当在梵蒂冈西斯庭教堂看到米开朗琪罗的壁画《最后的审判》时，仿佛就是这种梦境的再现！我们也做过轻松舒适的梦，幽静的田野任你信步，温情脉脉的人们与你无争，景色是美好的，人世间是善良的……梦醒后会为失掉了这寓言世界而惆怅！那么我们去瞻仰夏凡纳（1824—1898）的壁画吧，我们于此又进入了失去的好梦境！米开朗琪罗表现了天堂地狱的紧张，夏凡纳则抒写了人间的宁静，宁静也许只是片时的，但人们祈求宁静！

我瞻仰过威尼斯丁托列托和委罗内塞的巨幅壁画，金碧辉煌的服饰，雍容华贵的人物，那种奢靡的贵族之家令人陶醉吧，但并未能给我刻下不可磨灭的印象；我看过大卫的巨幅油画《加冕》，庄严肃穆的宫廷仪仗令人生畏，但与我何干！我看过许许多多虔诚的宗教壁画，也都未能引起我多大的共鸣。但在夏凡纳的朴素的壁画前，我感到特别亲切，我不自觉地放慢脚步，停下来，近看，细读，我被深深感染了！那是人间，是民间，是我们老百姓生活其中的天地！夏凡纳曾进入德拉克洛瓦的画室，并得到这位大师的青睐。但他很快发现这是一种误会，伟大的浪漫派大师、杰出的色彩画家德拉克洛瓦自己善于渲染强烈的色彩，但却是平庸的教师，他的学生不能得其三昧，往往胡乱涂抹。夏凡纳所见的自然不是如此，他偏爱的是“和谐”。气质不能教人，他和大师不是同路人，他离开了大师，只着眼于生活和自然的真实，终生认定了那是灵感唯一的源泉。粗粗浏览一下夏凡纳的壁画，往往可遇见浓密的丛林、丰硕的葡萄园、静静的湖泊、缓缓的河流，农夫们在推磨、犁田，樵夫在打柴，泥水匠在砌墙，木匠在造桥，铁匠在打铁，妇女们将苹果送入酒窖，或纺线，或织网，载重的船在行驶，柳荫深处有人们在洗澡，岸上年轻的母亲在哺乳……作者将富饶可爱的祖国的优美生活历历展现在读者面前，看过夏凡纳壁画的全世界读者们，也都会向往着这梦境般和平、安居乐业的法兰西吧！

夏凡纳在大壁画中往往用象征手法表现寓意，如巴黎大学圆厅的《文学、科学和艺术》，里昂艺术宫的《文艺女神们在圣林中》，巴黎市政厅的《夏》和《冬》，马赛宫的《马赛，东方之门》，亚眠博物馆的《和平》《战争》《劳动》《休息》以及其他《秋》《睡眠》……道是有题却无题，这些壁画的题目也只是楔子或引言，作者于此抒写的真正内容是人间生活的长河，是宽银幕的风俗画，是人与大自然的综合造型美，是形象美的诗篇。在《文学、科学和艺术》的世界里，科学家、文学家和艺术家们在研究、思考，漫步于林间草坪，人们有着共同美好的理想，互相呼应又互不干扰。世界上真有这种仙境吗？月球里肯定没有，这只存在于夏凡纳的壁画中。在《文艺女神们在圣林中》，作者没有将众神安排在希腊赫利孔神山上，画面中只是湖畔疏林，卡丽奥普给姐妹们朗诵诗句，有人闲谈，有人默坐，有人懒洋洋躺在点缀着花朵的绿茵上，欧戴普与泰丽正在空中唱歌弹琴，飞来相会。水仙非仙，清白洁净便自成仙，神女们的飘逸高贵来自造型的典雅优美，几个爱奥尼亚式的卷涡柱头是希腊时代的见证。

夏凡纳的壁画主要分散在亚眠、里昂、卢昂、夏特勒、普瓦基埃市政厅、巴黎市政厅、尚帕涅教堂、波士顿图书馆及巴黎大学等处，但最集中的还是在巴黎先贤祠。此馆建于1754年，法国大革命后这里便作为伟人们的殡葬处，雨果、左拉等的骨灰也都安置在这里，馆门上铭刻着大字："国家感激伟人们"。1874年后，夏凡纳于此作了一系列的巨幅壁画，从此先贤祠更增添了艺术的光辉。这组壁画主要是表现了传说中保护巴黎的圣女热纳维耶芙的故事，如《圣女的童年》《圣女在祈祷》《圣女在分发食物——人民因巴黎被围处在饥馑中》《圣女在守护着沉睡中的巴黎》……今天，为了写这篇稿子，我查阅了圣女的传说，她诞生于南德尔，法兰西将1月3日作为纪念她的节日。但当年在先贤祠看夏凡纳的壁画时，我根本没有去研究什么圣女的经历，一头就扑向眼前展现的劳动人群：他们从帆船上背下粮食；乡亲们围绕着神甫在欣赏一位美丽的小姑娘；男子健壮的背影；年轻的妈妈抱着可爱的娃娃；耕牛、大树、遥远的青山，羊群分散开去，有的在默默低头吃草，有的仿佛诗人似的伏在幽静的角落里；蓝蓝的夜空，月色皎皎，巴黎沉睡了，憔悴的老妇守在门前，是她的不眠之夜……壁画中圣女的形象正是夏凡纳的夫人，那守夜的圣女已是她抱病时最后一次做模特儿，夏凡纳作完这幅画后不久，夫妇俩便相继去世了。

夏凡纳的人物造型修长，风姿绰约，站着的亭亭玉立，躺卧的舒适自如，或横斜稍侧，或曲臂支额，每个动作都考虑到剪影效果，低头沉思与仰天遐想又均出自内心的流露。群像组合间俯仰顾盼更显得情意绵绵，动作轻松柔和，仿佛电影慢镜头所摄取到最优美姿势的瞬间。夏凡纳经常用高高的树林构成画面，紧密配合以站立为主的人物，从人物的直线上升到林木的垂线，垂直线是画面的主调，它保证了壁画和墙面的均衡及稳定感。夏凡纳降低了光影效果，有体无光，他用线与块面结合塑造人和景的装饰性形象。构图和物象身段的剪裁是他艺事成败的关键。他以素雅色彩为主调铺盖巨幅壁画，使室内保持安宁平静，使墙面显得后退了，画境与观众保持着一定的距离，不致使人感到压抑。局部设色则采用固有色搭配的装饰效果，当一群妇女集合在一起时，她们之间浅绛粉色之类的衣裙色块穿插使我联想到《韩熙载夜宴图》中的演奏乐女们。如果要以最简单的几个字来概括夏凡纳壁画的艺术特色，那就是“和谐”与“单纯”。众多的人，各样的景，不同的形，各异的色，画面的一切都统一在高度的和谐里，这是夏氏独家的和谐。至于单纯，那是愈到晚期愈近炉火纯青。他早期作品也曾受威尼斯派或普桑等人的牧歌式情调的感染，画面沉浸在明暗的氛围中，并略带一些甜腻之味。晚期作品单纯清澈，呈现出东方壁画的特色，这是夏凡纳风格成熟的表现，所以他自己说，先贤祠的壁画将写出他的遗嘱。

夏凡纳的人物都是古装，希腊的姿态，罗马风度的服饰，但背景风光却是现代的。人生易老天难老，世纪继承着世纪，宇宙和自然的变化是不明显的。人呢？人易变，但人的本质，赤裸裸的人也是变化不大的。夏凡纳笔底的人间，是古今有普遍性、有永恒性的人间！

夏凡纳在作先贤祠的巨幅壁画期间，利用间隙时间作了一幅《贫苦的渔夫》，画面天气肃杀，可怜的渔夫立在木船里合着双手低头在等待，等待鱼？等待命运？桨、网和船底倒影的强劲纵横线组成了渔夫的牢笼。婴儿裸卧在沙滩草地里，妇人采摘野花想逗孩子吧。都德的小说以含泪的微笑叙述心酸的苦难，夏凡纳这幅渔夫是沉默的申诉！

夏凡纳构图的另一重要特色是人和景的有机组合。西方历代名画中以人物为主，配以背景的佳作不少。柯罗的许多风景画中出现了抒情性的人物，但仍是以风景为主，人物只是点缀。夏凡纳画中的人和景的分量是平衡的，相互的制约关系是严谨的，有的建筑物几乎同界画一般规矩，但又和人物的波状线配合得十分协调。人物造型优美，作者确实煞费苦心，呕心沥血，树木结构也刻画得坚实多姿，都是在

吴冠中 一九九〇

生活中深入观察和实地写生得来，每棵树都坚挺有力，生气勃勃。我这个东方人在瞻仰夏凡纳的作品时，不自觉地就联想到韩滉的《文苑图》和宋人无款作品《寒林秋思图》，其中有表现手法的共鸣，也有意境的共鸣。

（1980年）

姑娘啊，你慢些舞，让德加画个够

白驹过隙，刹那间的形象唤起了人们的美感！造型美，一般是从静观中得来，遇到美的形象，谁都想细细看，慢慢欣赏，恋恋不忍离去。学过一点西洋画的学生，面对着绘画的对象，总要求人家坐着别动，似乎一动美就溜掉了！舞蹈是动作之美，虽未必就是白驹过隙，但其“美”确实存在于运动之中。造型之美在静观，舞蹈之美在飞逝，鱼我所欲也，熊掌亦我所欲也，二者不可兼得乎？京剧动作很美，杰出的演员正表现得入神，观众张着嘴、屏住呼吸都陶醉在其艺术的浪涛里了。突然，锣鼓中断，一个亮相，演员完全静止了，绝对静止了，台下一片掌声，观众快意地、满足地惊叹这冰冻了的运动之美！表现舞蹈美的画家们也正是善于亮相的杰出演员！

法国印象派画家德加（1834—1917）的特色是表现运动中的舞蹈

美的印象。与所有的印象派画家不同，德加完全不画风景，他专画人，主要画舞女和舞蹈人的生活。德加，他完全不是花花公子为消闲或玩弄而描绘女舞蹈家，他表现了这些优美舞蹈动作创造者们的艰辛与苦难，华美的衣裙只片时地掩饰了肉体的疲惫，乐池里的吹奏者们虽个个服装笔挺，那紧张的演奏和面部严肃表情的背后却隐藏着失业危险的恐惧心理！此外，德加还画被生活压得喘不过气来的熨衣服的妇女，画咖啡店中忧郁地对着酒杯发愁的下层公民……

德加具有极过硬的写实功力，他是带着雄厚的古典功底参与印象派行列的。他善于捕捉无论是静的或动的对象，而且把握性强。这不仅靠写生能力，还靠观察能力。扭曲中的腰肢、旋转着的股腿、打喷嚏的妇女，以及跨上奔马的骑士……能让你写生吗？但却被德加表达得淋漓尽致。因表现动作的题材多，故德加多用线，单线、复线、重叠着的线、粗粗细细交织着的线、断断续续意到笔不到的线，只要能缚住运动的特色与美感，手段是完全不必计较的。“高古游丝描”宜于表现柔和之美感吧，但柔和之美感不一定靠“高古游丝描”来表现。粗线亦可以表现柔和，折线（带棱角的线）同样可表现蜿蜒。西班牙舞中强烈的节奏感，我感到就有些像用顿挫的笔法，用折线表现了曲折之美而不失委婉之致。形式美的关键是形象整体的组织结构，“谨毛而失貌”，捕捉舞蹈美是紧张的追踪捕斗，谁顾得上细修边幅！所以德加不很喜欢油画，他更多地用粉笔画，因后者更便于快速追求他偏爱的运动美。他虽也善于用色，但主要还是求形，他的强烈鲜明的色彩是从属于形的，只不过是为了加强形的运动感，这点他与大部分印象派伙伴们不一样。

芭蕾舞在我们国内还不普及，但柔软体操表演已几乎是人人都争着欣赏的了，两者同样都是人体美，运动中的人体美。美术家表现这方面的美时，不同于摄影或电视，他们有时用“粗”来表现“细”，用“硬”来表现“软”，用“静”来表现“动”，这些矛盾着的方面的辩证处理是造型艺术的特殊手法和规律吧！所以罗丹和德加用雕塑来表现舞蹈，粗笨凝重的泥塑与铸铜偏偏能揭开运动形象的奥秘！不似不似？却似却似！

德加已是一百年前的德加，他用“静”给我们留下了当年的“动”的美，他早已获得了世界声誉。一百年来舞台速写已很普遍，人才辈出，我刚收到一本《文艺研究》，上面重新发表了“文化大革命”前叶浅予同志的舞台速写。这几幅速写，无论从生动、准确、概括、洗练、深刻和粗犷各方面比，都不亚于德加。有过之无不及啊！我们要学习前人和洋人，绝不能故步自封，但也不要妄自菲薄！人们的感觉总是愈来愈敏锐，愈来愈复杂，审美观的发展如后浪推前浪，永远推向新的远方！人们逐渐发现、认识了本来存在于生活中的抽象美的因素，如溶洞钟乳石，如大理石云纹，如落英缤纷，如树影摇曳……我们的祖先也早就在假山石、书法及舞蹈等形象艺术中有意无意发挥了抽象美。静止的造型艺术力图冲破孤立片面的形象美，想兼容不同时间和不同角度的美于同一整体结构之中，仿佛要令人在一件作品中感受到连续动作之美。这种新关系首先很容易发生在动与静、舞蹈美与造型美之间。二重唱，是声与声之间的互相衬托对比；双人舞，是动作与动作之间的交错组合美，这些艺术处理早已为群众所爱好，但超出时间和空间局限的美术作品还不易被理解和接受。我并不主张要追随西方的抽象派，但音乐、舞蹈和美术它们都离不开抽象之美吧！“移步换形”是我们前辈艺人的体会和创造，这种不同角度的美感变化何尝不可植入同一件造型作品之中！我们的美术绝不会永远被囚在摄影镜头里，有才华的舞台速写家纪念德加，研究德加，并必然将远远超过德加！

（1980年）

关于抽象美

对于美术中的抽象美问题，我想谈一点自己的理解。

有人认为首都机场壁画中的《科学的春天》是抽象的。其实，它只能说是象征的，它用具体形象象征一个概念，犹如用太阳象征权力，用橄榄枝象征和平一样，这些都不能称抽象。抽象，那是无形象的，虽有形、光、色、线等形式组合，却不表现某一具体的客观实物形象。

无论东方和西方，无论在什么社会制度中，总有许多艺术工作者忠诚地表现了自己的真情实感，这永远是推进人类文化发展的主流。印象派画家们发现了色彩的新天地，野兽派强调了艺术创作中的个性解放，立体派开拓了造型艺术中形式结构的宽广领域……这些探索大大发展了造型艺术的天地。数学本来只是由于生活的需要而诞生的吧，因为人们要分配产品，要记账，听说源于实用的数学早已进入纯理论的研究了；疾病本来是附着在人身上的，实验室里研究细菌和病毒，这是为了彻底解决病源问题。美术，本来是起源于模仿客观对象吧，但除描写得像不像的问题之外，更重要的还有个美不美的问题。“像”了不一定美，并且对象本身就存在美与不美的差距。都是老松，不一定都美，同是花朵，也妍媸有别。这是什么原因？如用形式法则来分析、化验，就可找到其间有美与丑的“细菌”或“病毒”在起作用。要在客观物象中分析构成其美的因素，将这些形、色、虚、实、节奏等等因素抽出来进行科学的分析和研究，这就是抽象美的探索。这是与数学、细菌学及其他各种科学的研究同样需要不可缺少的老老实实的科学态度的。

“红间绿，花簇簇”“万绿丛中一点红”，古人在绿叶红花或其他无数物象中发现了红与绿的色彩的抽象关系，寻找构成色彩美的规律。江南乡镇，人家密集，那白墙黑瓦参差错落的民居建筑往往比高楼大厦更吸引画家。为什么？我们曾斥责画家们不画新楼画旧房，简单地批评他们是资产阶级思想。其实这是有点冤枉的。我遇到过许多热爱祖国、热爱人民的老、中、青年画家，他们自己也都愿住清洁干燥、有卫生设备的新楼，但他们却都爱画江南民居，虽然那些民房大都破烂了，还是要画。这不是爱其破烂，而是被一种魅力吸引了！什么魅力呢？除了那浓郁的生活气息之外，其中白墙、黑瓦、黑门窗之间的各式各样的、疏密相间的黑白几何形，构成了具有迷人魅力的形式美。将这些黑白多变的形式所构成的美的条件抽象出来研究，找出其中的规律，这也正是早期立体派所曾探索过的道路。

谁在倒洗澡水时将婴儿一起倒掉呢？我无意介绍西方抽象派中各种各样的派系，隔绝了近三十年，我自己也不了解了。我们耻于学舌，但不耻研究。况且，是西方现代抽象派首先启示人们注意抽象美问题的吗？肯定不是的。最近我带学生到苏州写生，同学们观察到园林里的窗花样式至少有几百种，直线、折线、曲线及弧线等等的组合，雅致大方，变幻莫测。这属抽象美。假山石有的玲珑剔透，有的气势磅礴，既有平易近人之情，又有光怪陆离之状。这也属抽象美。文徵明手植的紫藤，苍劲虬曲，穿插缠绵，仿佛书法之大草与狂草，即使排除紫藤实体，只剩下线的形式，其美感依然存在。我在野外写生，白纸落在草地上，阳光将各种形状的杂草的影子投射到白纸上，往往组成令人神往的画面，那是草的幽灵，它脱离了躯壳，是抽象的美的形式。中国水墨画中的兰、竹，其实也属于这类似投影的半抽象的形式美范畴。书法，依凭的是线组织的结构美，它往往背离象形文字的远祖，成为作者抒写情怀的手段，可说是抽象美的大本营。云南大理石，画面巧夺天工（本是天工），被装饰在人民大会堂里，被嵌在桌面上，被镶在红木镜框里悬挂于高级客厅；桂林、宜兴等地岩洞里钟乳石的彩色照片被放大为宣传广告画，这都属抽象美。在建筑中，抽象美更被大量而普遍地运用。我国古典建筑从形体到装饰处处离不开抽象美，如说斗拱掩护了立体派，则藻井和彩画便成了抽象派的温床。爬山虎的种植原是为了保护墙壁吧，同时成了极美好的装饰。苏州留园有布满三面墙壁的巨大爬山虎，当早春尚未发叶时，看那茎枝纵横伸展，线纹沉浮如游龙，野趣感人，真是大自然难得的艺术创造，如能将其移入现代大建筑物的壁画中，当引来客进入神奇之境！大量的属抽象范畴的自然美或艺术美，不仅被知识分子欣赏，也同样为劳动人民喜爱。而且它们多半来自民间，很多是被民间艺人发现及加工创造的，最明显的是工艺品，如陶瓷的窑变、花布的蜡染等。人们还利用竹根雕成烟斗，采来麦秆编织抽象图案，拾来贝壳或羽毛点缀成图画；串街走巷的捏面艺人，将几种彩色的面揉在一起，几经扭捏，便获得了绚丽的抽象色彩美，他们在这基础上因势利导，巧妙地赋予具象的人物和动物以生命。

抽象美是形式美的核心，人们对形式美和抽象美的喜爱是本能的。我小时候玩过一种万花筒，那千变万化的彩色结晶纯系抽象美。彩陶及钟鼎上杰出的纹样，更是人类童年创造抽象美才能的有力例证。若是收集一下全国各地区各民族妇女们发髻的样式，那将是一次出色的抽象美的大联展。

似与不似之间的关系其实就是具象与抽象之间的关系。我国传统绘画中的气韵生动是什么？同是表现山水或花鸟，有气韵生动与气韵不生动之别，因其间有具象和抽象的和谐或矛盾问题，美与丑的元素在作祟，这些元素是有可能抽象出来研究比较的。音乐属听觉，悦耳或呕哑啁哳是关键，人们并不懂得空山鸟语的内容，却能分析出其所以好听的节奏规律。美术属视觉，赏心悦目和不能卒视是关键，其形式规律的分析正同于音乐。将附着在物象本身的美抽出来，就是将构成其美的因素和条件抽出来，这些因素和条件脱离了物象，是抽象的了，虽然它们是来自物象的。我认为黄宾虹老先生晚年的作品进入半抽象的境界，相比之下，早期作品太拘泥于物象，过多受了物象的拖累，其中隐藏着的，或被物象掩盖着的美的因素没有被充分揭示出来，气韵不很生动，不及晚年作品入神。文人画作品优劣各异，不能一概而论，其中优秀者是把握了具象抽象的契合的。我认为八大山人是我国传统画家中进入抽象美领域最深远的探索者。凭黑白墨趣，凭线的动荡，透露了作者内心的不宁与哀思。他在具象中追求不定形，竭力表达“流逝”之感，他的石头往往头重脚轻，下部甚至是尖的，它是停留不住的，它在滚动，即将滚去！他笔下的瓜也放不稳，浅色椭圆的瓜上伏一只黑色椭圆的鸟，再凭瓜蒂与鸟眼的配合，构成了太极图案式的抽象美。一反常规和常理，他画松树到根部偏偏狭窄起来，大树无根基，欲腾空而去。一枝兰花，条条荷茎，都只在飘忽中略显身影，加之，作者多半用淡墨与简笔来抒写，更构成扑朔迷离的梦的境界。

苏州狮子林中有一块石头，似狮非狮，本来很有情趣，可任人联想玩赏，偏有人在上补了一条尾巴，他以为群众同他一样不知欣赏抽象美。抽象美在我国传统艺术中，在建筑、雕刻、绘画及工艺等各个造型艺术领域起着普遍的、巨大的和深远的作用。我们要继承和发扬抽象美，抽象美应是造型艺术中科学研究的对象。因为掌握了美的形式抽象规律，对各类造型艺术，无论是写实的或浪漫手法的，无论采用工笔或写意，都会起重大作用。宋徽宗画的祥龙石以及一些羽毛的纹样，是把握了某些抽象美的特色的。陈老莲《水浒叶子》的衣纹组织中更具有独特的抽象美感，那也正是西方抽象派画家保罗·克利所探寻的海外迷宫！科学工作者在实验工作中可能不被理解，但制出盘尼西林来便大大增强了医疗效果，引起人们重视。我们研究抽象美，当然同时应研究西方抽象派，它有糟粕，但并不全是糟粕。从塞尚对形体做出几何形式的分析后，立体派从此发展了造型艺术的结构新天地，逐步脱离物象外貌，转向反映其内在的构成因素，这便开了西方抽象派的先河。尽管西方抽象派派系繁多，无论想表现空间构成或时间速度，不管是半抽象、全抽象或自称是纯理的、绝对的抽象……它们都还是来自客观物象和客观生活的，不过这客观有隐有现，有近有远。即使是非常非常之遥远，也还是脱离不了作者的生活经历和生活感受的，正如谁也不可能提着自己的头发脱离地面而去！我并不喜欢追随西方现代艺术诸流派，洋之须眉不能长我之面目。但借鉴是必须的，如果逐步打破东西方的隔阂，了解人家不同的生活环境和生活趣味，则抽象派在一定社会条件中的诞生也是必然的，没有什么可怕的。就说抽象派的祖师爷康定斯基，他又是怎样的异类呢？我以前看北方昆曲剧团演出，在白云生演穷生时穿着的好看的百衲衣中，似乎感到了康定斯基的艺术感受！

（1980年）

一九九二 吴冠中

摄影与形式美

“你这画简直是照相。”我们艺术院校的学生常这样讽嘲照相式的作业。回忆自己的学生时代，也最瞧不起照相似的画，如果谁说我的画像照相，我会认为那是莫大的侮辱。

初学画不久，感兴趣的是色彩的跳跃、笔触的奔放，这些才叫艺术啊！因为不喜欢照相似的光滑细腻的描写技法，就连照相也不喜欢了。知识慢慢积累，兴趣逐渐扩大，体会到造型艺术手法的多样是缘于表现不同的情调和意境。我讨厌的其实是一味抄录对象，没有情调、缺乏意境的作品，而不该迁怒于表现手法本身。绘画是人的感情的表现；如果摄影机被人利用，摄影也同样是作者感情的表现了。

我这个原先不喜欢摄影的人曾经特别关心起摄影来，那是“四人帮”控制期间，美术被迫愚蠢地描摹自然，硬要跟摄影比赛。我看到国内外摄影技术飞速发展，作品不仅生动活泼，而且愈来愈美，它闯入美术的园地里来了！我竭力赞扬摄影，是怀着一种私念的：摄影作品的质量已远远超过“写实”的绘画了，绘画往哪里走！逼上梁山，绘画该讲形式美了，被压在雷峰塔下的形式美能否早一天获得解放，我祈祷雷峰塔的倒掉！

“四人帮”倒台后，情况确是好起来了，形式美开始受到注意，不仅在绘画中如此，在许多摄影作品中也愈来愈多地在发挥形式美的威力了。我说“威力”，并不过分，一切造型艺术都依赖形式赋予躯体，形式是否美，关系到人们爱看不爱看的大问题，这决定作品的命运。摄影主要是为具体的社会任务服务的吧，重大事件的记录、肖像的留念、证件的依据……但同时摄影也已成为以欣赏为主的美术作品。我曾经比方美术和文学有血缘关系，而美术和摄影只是同院的邻居，但现在看来这两家邻居将结成新的亲家了。不是吗？超级现实主义的绘画大量吸取了摄影的手法，摄影又在吸取油画及水墨大写意的手法，你吸取我的，我吸取你的，因为目标共同起来了，这个目标就是表达美的意境，因此也就有了相同的甘苦——对形式美的探求！

妈妈领着两个孩子到公园，一个孩子有所发现了，兴奋地叫起来：“这里真好玩，刺丛里也开花。”他指的是玫瑰。另一个孩子也有所发现了，却告诉妈妈：“这里不好玩，花丛里都是刺。”他指的也是玫瑰。我们欣赏玫瑰，拍摄过玫瑰，画过玫瑰，感到玫瑰是美的，难怪姑娘们喜欢将自己的脸庞依靠着玫瑰摄影！然而孩子们的观察却提醒了我对形式美的进一步分析。玫瑰花，质感柔软的圆圆形，圆圆的花朵被托在那放射着尖尖针刺的坚硬枝条间，二者组成了强烈的对比美。如果画面以花为主，衬以带刺的枝，这是一幅以圆为主、线为配的抽象图案；如果画面以多刺的枝为主，尽量突出其丛丛针刺，间以花朵，这是一幅以乱线为主、配以圆圈的抽象图案。这两幅画面的形式结构是完全不同的，虽都是玫瑰，却体现了作者不同的思想情感，表达了不同的意境。迎春花开，那长长的缠绵的枝条间渐渐吐露出星星点点的多角形小黄花，“乱”的长线与“乱”的散点交错组成了变化多端的情趣：盈盈含笑啊，眉飞色舞啊，如夏夜的星空，似东风梳弄的垂柳……如何捕捉和表达这些不同的感受呢？关键就在点、线组织的疏密之间，点、线、面……这些形式的构成因素，也正同时是传递情感的青鸟吧！秋来叶落，衬着蓝天，光秃的树枝分外醒目，那线组织的交叉变化确是学画者的画谱。我经常围着一株野树团团转，双目紧紧盯住那枝杈，移步换形，欲追踪其不同的表情。“删繁就简三秋树”，谁删的？郑板桥删的。

法国现代雕刻家马约尔做雕塑时，往往用蜡烛光在雕塑的人体上到处寻找不必要的坑坑洼洼，将它填满，他强调形体的饱满。马约尔的作品特色是壮实和丰满，他的人物造型尽量向外扩张，使之达到最大的极限，再过一度便属臃肿或者就崩裂了，他追求的是量感美。人们都欣赏质感美，摄影师和画家经常喜欢表现彩陶与玻璃、粗布与丝绸等等粗犷与细腻间质感的对比美。但量感美，似乎易被忽视。量感美包含着面积、体积、容量和重量感等因素，是由长短比例及面积分割等形式条件构成的，它对形式所起的作用远比质感美显著。唐俑胖妞妞，隋俑坚而瘦，它们的量感美比之木雕或泥塑的质感美更突出。杭州灵隐寺前飞来峰有个大肚弥勒佛，笑得乐呵呵，游人都爱抱着他留影，结果遮住了佛的体形，破坏了量感美。我不知用什么方法可摄出其量感美来，至少要尽量压缩排除佛身以外的所有空间，让佛独占画面的全部面积！画家表现对象的量感美时，要夸张就夸张，要扬弃就扬弃。我不懂摄影，摄影师自然也有自己独特的手法，马约尔利用烛光，摄影中的光比马约尔的烛光要复杂多了吧！

《拉郎配》这个戏大家看过，很有意思。摄影里经常拉花配，我很不喜欢。拉来的花总是配在画面的最前景，很突出，虚情假意的手法令人一眼就看穿。其实作者是有苦心的，因为画面前景太空，不得已而为之，至于认为加了花朵就更美些，那是属于他自己的审美趣味了！“前景太空”，这是构图中一个要害问题。无论是绘画或摄影，画面中面积愈大的部分，它所起的形象效果也就愈大。“画龙点睛”适用到现代造型艺术中来时，关键是画龙，那庞大的龙的身形是主体，是决定形式美的要害。如那大面积的龙身处理得不好，任凭你点上珍珠玛瑙的眼睛也是徒然，古希腊雕刻家凿出完美的人体后，不点眼珠。北海公园的白塔总吸引人，那是风景中的眼睛吧，但包括白塔的一幅风景摄影能否成功，关键不在白塔，而在占画面绝大部分面积的前景，那是龙身，这龙是虚是实，必须具有自己的体形和气概，作者岂能以廉价的“拉花配”来聊以替代！一般情况下，远景好看，因为到远处景物重叠了，形象互相补充，容易显得丰富多样。令人棘手的是近景，由于透视作用，近景在画面上总霸占着大面积，它的形象又往往是空洞乏味的。天哪！我在风景画中奋斗数十年来经常碰面的死对头就是这个近景。传统山水画的构图讲究“起、承、转、合”，一般认为最困难的是“起”，即近景也。因此，选景首先是近景问题，要摄影白塔，在北海里围着它转，关键也是近景问题。我总是以百分之八十的精力来对付近景的，我喜欢画倒影，除了对诗意等等的追求外，在形式上讲，倒影是易于解决、丰富近景的大片面积的。小街小巷往往入画，因为近景狭窄，门窗相挤，形象变化多样，比近景空旷的大街大马路易于处理。“拉花配”本来是为了丰富近景，但许多“漂亮”的局部拼凑不起美的整体来！法国现代风景画家尤脱利罗专画巴黎街道。近景往往只是一些人行道、旧的石子路、水泥墙、台阶……他着意刻画近景的质感，那斑驳的残痕透露出年华易逝的淡淡的愁绪。这使我想起我国山水画中“远山取其势，近山取其质”的经验之谈。表现质感，那是摄影之所长，我见过不少表现沙漠的摄影，很精彩，那浩瀚的气概缘于单纯统一与微妙变化的结合，这往往使画家感到束手无策，而摄影于此出色地解决了近景空洞的问题。不过单靠表现沙漠的质感不一定就美，动人的作品还由于把握了沙漠波涛神秘的线组织美，就是具有了形式美的身段。

我年年背着画箱走江湖，江湖上常常遇到一些摄影工作者，多半是业余的，他们都说要学点画，主要是要学取景和构图。绘画常表现作者心底的形象，摄影总是拍摄具体的客观形象。当然摄影剪接等等手法日益发展，摄影作者将争取到更大的自由。不过对初学者来讲，如何在客观对象中表现主观的感情，第一个碰到的恐怕也就是取景和构图问题。构图问题是画面安排的形式问题，要在造型艺术的领域里工作，首先要重视形式，探讨形式美的独立性和科学性，不要怕“形式主义”的棍子。也许是职业病吧，我是经常地、随时随地以探寻形式美的目光来观察自然的，无论是一群杂树、一堆礁石，或是旋涡，或是投影……只要其中有美感，我总是千方百计要挖掘来为自己所用，它们甚至往往成为我画面构图中的主角。我发觉形式之中有意境，从石头的伏、卧中透露着作者的情思，像阿诗玛这样的石头其实已是太直率的比喻了！我无法举出多少条构图的规律，因取景和构图的目的是突出作者的意境，岂能以有限的规律来约束无限的意境。我曾对自己的学生说过：主要形象应占领画面的主要位置，即画面的中央。但这个“主要形象”不易理解，有时“云”“雾”等虚的部分正是主要形象，因此画面仅有的一些松、石之类的实体形象反而应靠边站了。

（1981年）

油画之美

“远看西洋画，近看鬼打架。”这是我国人民最初接触西洋油画时的观感，这种油画大概是指近乎印象派一类的作品。我在初中念书时，当时刘海粟先生到无锡开油画展览，是新鲜事物，大家争着去看，说明书上还做了规定：要离开画面十一步半去欣赏。印象派及其以后的许多油画，还有更早的浪漫派大师德拉克洛瓦的作品，都宜乎远看。有人看德拉克洛瓦的《希奥岛的屠杀》，觉得画中那妇人低垂的眼睛极具痛苦的表情，但走近去细看，只是粗粗的笔触，似乎没有画完，他问作者为什么不画完，德拉克洛瓦回答说：“你为什么要走近去看呢？”为了要表达整体的视觉形象，要表达空间、气氛及微妙的色彩感受，有时甚至有点近乎幻觉，油画大都需要有一定的距离去看，因之其手法与描图大异，只习惯于传统工笔画的欣赏者也许不易接受“鬼打架”式的油画。远看有意思，近看这乱糟糟的笔触中是否真只是鬼打架而已呢？不，其中大有名堂，行家看画，偏要近看，要揭人奥秘。书法张挂起来看气势，拿到手里讲笔墨、骨法用笔。中国绘画讲笔法，油画也一样。好的作品，“鬼打架”中打的是交响乐！印象派画家毕沙罗和塞尚肩并肩在野外写生，两个法国农民看了一会儿，离开时评论起来：“一个在凿，另一个在切。”所以油画这画种，并非只满足于远看的效果，近看也自有其独特的手法之美，粗笨的材料发挥了斑斓的粗犷之美，正如周信芳利用沙哑的嗓音创造了自己独特的跌宕之美。

印象派以前的油画，大都是接近逼真，细描细画，无论远看近看，都很严谨周密，绝无“鬼打架”之嫌。从我们“聊写胸中逸气”的文人画角度看，这些油画又太匠气了！油画表现力强，能胜任丰富的空间层次表达和细节的精确刻画，但绝不应因此便落得个“匠气”的结论。工笔与写意之间无争衡，美术作品的任务是表达美，有无美感才是辨别匠气与否的标准，美的境界的高低更是评价作品的决定性因素。就说摄影，照相机是无情的，一旦被有情人掌握，出色的摄影作品同样是难得的美术品。现在国外流行的超级写实主义，或曰照相写实主义，作品画得比照相还细致。“逼真”与“精微”都只是手段，作者要向观众传达什么呢？最近南斯拉夫现代绘画展览在北京举行，其中很多是超级写实主义的，比方画一棵老树的躯干，逼真到使你同意它是有生命和知觉的，它当过董永和七仙女缔订婚姻的媒人，它是爱情的见证，也是创伤的目击者。我曾在太行山区的一个小村子

里见过一株巨大的、形象独特的古槐树，老乡说祖辈为造房子，曾想锯倒它，但一拉锯子，树流血了，于是立刻停下来。艺术家想表现的正是会流血的古树吧！公安人员要破案，必先保护现场，拍摄落在实物上的指印，凭此去寻找躲藏了的凶犯。照相写实主义的画家像提出科学的证据似的一丝不苟地刻画实物对象，启示读者去寻找作案犯，不，不是作案犯，去寻找的是被生活的长河掩埋了的回忆、情思和憧憬！这次全国青年美展中，有位四川作者用照相写实主义的手法画了一个放大的典型的四川农民头像，这位活生生的父老正端着半碗茶，贫穷、苦难和劳动的创伤被放大了，汗珠和茶叶是那样的分明……画面表现得很充分，效果是动人的，题目写的是《我的父亲》，在评选中我建议改为《父亲》，这个真实的谁的父亲正是我们苦难父辈的真正代表!

不择手段，其实是择一切手段，不同的美感须用不同的手段来表达，“鬼打架”的笔触也好，赛照相的技法也好，问题是手段之中是否真的表达了美感。我国传统绘画没有经过解剖、透视、色彩学等等科学的洗礼，表现逼真的能力不及油画强，但古代画家的创作大都是基于美的追求的。我们看油画，由于油画能表现得逼真，于是便一味从“像”的方面来要求、挑剔，似乎油画的任务只是表现“像”，不是为了美的欣赏。某些成见和偏见已习以为常了，认为中国画的山水、花鸟是合理合法的，而油画的专业只能画重大题材，如画风景花卉之类便不是正经业务，因之全国美展之类的大展览会是不易入选的。西洋的油画，早先确是主要用来表现宗教题材、重大事件和文学题材的，画家的任务主要是为这些故事内容做图解。时过境迁，大量的作品已过时，被淘汰了，能留下来的，除有些因文物价值之外，主要是依靠了作品本身的艺术价值——美。人们不远千里赶到意大利去看拉斐尔画的圣母圣子，绝非因为自己是基督徒。自从照相机发明以后，油画半失业了，塞翁失马，它专心一意于美的创造了，这就是近代油画与古代油画的分野，这就是近代西方油画倾向东方，到东方来寻找营养的基本原因。音乐是属听觉范畴的，好听不好听是关键。美术属视觉范畴，美不美的关键存在于形式之中。形式如何能美，有它自己的规律。画得“像”了不一定就美，美和“像”并不是一码事，表皮像不像，几乎人人能辨别，但美不美呢？不通过学习和熏陶，审美观是不会自己提高的。一般市民大都不能辨认篆刻之优劣，就是一个文学家，他也并不能因为是文学家便一定真正懂得美术。左拉与印象派画家们很接近，他与塞尚是同乡，从小同学，长期保持着亲密的友谊，但他很不理解塞尚，他将塞尚作为无才能的失败画家为模特儿写了一部小说，书一出版，塞尚从此与他绝交了。油画之美，体现在形和色的组织结构之中，如只从内容题材等等方面去分析，对美的欣赏还是隔靴搔痒的。

贵州人出差到上海，吃不惯清淡的偏甜味的菜，自己要带一罐浓烈的辣酱。同样，有人不喜欢雅淡的水墨画，爱油画的浓郁。凡·高作画用色浓重，他在乡村写生，儿童们围拢来看，当他将大量浓艳的油彩从瓶里徐徐挤到调色板上时，儿童们惊叫起来，那游动着的彩色动物首先就具刺激性的美感，难怪有些画家的调色板本身就是令人寻味的。这种五颜六色的材料美已显示了油画之美，正如大理石和花岗岩自身的质感美已具备了雕刻之美。古代油画爱利用空间深度，总将画面表现得暗暗的，突出几处明亮的主要形象，但因为老是这种暗暗的老调子，今人贬之曰“酱油调子”，人们开始代之以鲜明的色彩，画面明亮起来了。总喝咖啡也单调，要换清淡的茶了，一向偏于浓、艳、厚重的油画也追求淡、雅、轻快的感觉了。古代油画宜配华丽的金框，颇像穿着大礼服的绅士，近代油画自由活泼多了，穿着衬衣便上大街了。油画这材料可画得特别浓重，也易于画得分外亮堂，浓妆淡抹总相宜。

苍山似海，这说的是形式美感，苍山与海的相似之处在哪里呢？因那山与海之间存在着波涛起伏的、重重叠叠的或一色苍苍的构成同一类美感的相似条件。如将山脉、山峰及其地理位置的远近关系都画得正确无误时，山是不会似海的。画家们强调要表现那种波涛起伏的、重重叠叠的或一色苍苍的美，却并不关心一定要交代是山还是海，这表现的就是抽象美。西方油画中的抽象派席卷了画坛几十年，今天依旧余威不灭，它彻底解放了形式，不再受内容的制约。不过抽象还是从具象中抽出来的，即使其间已经过无数的转折与遥远的旅途，也还是存在着直接或间接的血缘关系。酒不是粮食或果子，但是是用粮食或果子酿成的。极端荒唐的梦，仍可分析出其生活中的逻辑根源吧！至于作品，同是抽象派，依然是优劣各异，感情的真伪有别，具体作品须具体分析，不能一概而论。

“一见倾心”的情况是确实存在的，我早年看陈老莲画的人物，就一见倾心，看凡·高的画，也一见倾心，读者们都看过不少画，也遇到过使你一见倾心的作品吧！作为美术品，首先要争取观众的一见倾心。一见倾心决定于形式，但形式之中却蕴藏着情意。绘画，作为欣赏性的绘画，它的价值不是由其所表现的题材内容来决定，而由其形式本身的意境高低来决定。形式本身能表达意境？是的，形式本身能表达意境，这不同于所画故事内容方面的文学意境，这是造型艺术用自己独特的语言所表达的独特意境，这也正是能否真正品评一件美术作品的要害。同是裸体画，许多人看不出黄色与美感的区别，这不能不归罪于我们审美教育的落后。安格尔画裸体，无论是《土耳其浴室》的裸女群或《泉》这样的单个裸女，从那丰满的体态造型到红润的肤色，都表现了作者甜蜜蜜的世俗审美观。马蒂斯在女体中充分发挥了流畅与曲折的韵律美，莫迪利亚尼的女体刺激性特别强，他彻底揭示了人的野性和肉体的悲哀，他的画浸透着“邪气”的美，但还绝不是黄色的。虽都只是裸妇，都只是形式的探求，却透露了作者的审美趣味和思想感情，同时还显现了他们的时代背景。形式美的独立性发展到抽象性时，形式之中依然是有作者的灵魂在的，有人甚至说，在书法之中可看出作者寿命的长短呢！

“这画属什么派？”每同亲友们看西洋画，他们总会提出这个老问题。西方油画五花八门，看不懂时只好归到它们所属的派系里去存疑。古典派、浪漫派、写实派、印象派、野兽派、抽象派……画家们在对人生、对自然的探索过程中，或在题材内容方面，或在新的美感的发现方面，或在表现手法的创新方面，有共同倾向时形成过各式各样的派，但新的艺术感受很易彼此渗透，愈到现代，派的区别愈不明显，一人一派，个人特色却永远是作品的灵魂。看一幅风景画，那画的是黄山吧，我们要看的不是黄山，黄山的彩色照片多的是，我们要看的是从作者灵魂这面镜子里折射出来的黄山。毕加索永不肯做荣誉的囚犯，他经历过多种派，却很难说属哪一派，他一生都在做新的探索，为人类创造了巨大的精神财富。艺术传统的继承不同于张小泉、王麻子剪刀须依靠老招牌，在艺术上，儿子不必像老子，一代应有一代的想法，艺术上的重复是衰落的标志！管他什么派不派，只看作品的效果！

油画诞生于西方，所表现的思想感情和审美情趣都是西方的。西方的东西我们也吃，西方的油画我们也看。但是我们自己的画家画油画呢？他必有跟人学舌的阶段，但为了掌握语言后用以表达自己的感受，他的作品必定比西方名画更易为乡亲们喜爱，油画民族化是画家忠实于自己亲切感受的自然结果！我有一些从事美术的老同窗老相识，他们留在欧美没有回国，有些已是名画家了，他们在西方生活了数十年，作品中仍更多流露着东方意境。就说西方画家，吸取东方情调的也愈来愈多了，尤脱利罗的风景画更富有中国的诗情画意，他画那些小胡同的白粉墙，虽带几分淡淡的哀愁，却具“小楼一夜听春雨，深巷明朝卖杏花”的幽静之美。油画并不是洋人的专利，土生土长的中国油画没有理由自馁，祖国泥土的浓香将随自己的作品传遍世界，闻香下马的海外观众必将一天比一天多起来！有人不同意提倡油画民族化，认为艺术是各民族共有的，是世界性的。确乎，民族形式决定于民族的生活习惯，而生活习惯又决定于生产方式，生产方式一致起来，于是生活习惯也会接近起来，民族形式的差异亦将逐步泯灭。苗家姑娘种地时不便穿累赘的长裙子，只在节日或拍电影时再专作盛装打扮。油画的民族化，实际上也正是逐步在消灭东西方的隔膜和差异，促进东西方人们感情的融洽。历史在演变，我们生活在历史演变的一定时期中，只能为这一时期服务吧！

（1981年）

风景哪边好？——油画风景杂谈

寻寻觅觅，为了探求美，像采蜜的蜂，画家们总奔走在偏僻的农村、山野、江湖与丛林间。他们不辞辛劳，只要听说哪里风景好、人物形象好，交通最艰难最危险的地区也总有画家的脚印。西双版纳去的人太多了，四川的九寨沟又引起了莫大的兴趣。今年夏天，我背着笨重的油画工具到了新疆，在乌鲁木齐遇到了不少从北京、杭州等地也背着笨重的油画箱来的同道，一样的风尘仆仆，一样晒黑了的手脸，大家一见如故，心心相印，亲密的感情建立在共同的甘苦上。又三天汽车，我越过辽阔的戈壁，来到北疆的边境阿勒泰，在遥远的阿勒泰又遇到了背着油画箱的李骏同志，他乡遇故知！

童年爱吃的食物永远爱吃，我对青年时代受其影响较深的画家也总是眷恋难忘。印象派的莫奈、毕沙罗、西斯莱等人的作品曾经使我非常陶醉，但后来又不那么陶醉了，觉得他们对构图的推敲和造型的提炼不够重视，但色调清新和用笔的轻快还是使我喜爱的。“喜新厌旧”，我爱上塞尚了，他的作品坚实、组织严谨，冷暖色的复杂交错有如某些带色彩的矿石。他的画多半不是一次即兴完成的（某些晚年作品例外），由于反复推敲，用色厚重，设色层次多，画面显得吸油而无光泽，寓华于朴，十分沉着，具有色彩的金石味。但无论对静物、对风景、对人物，塞尚一视同仁，都只是他的造型对象。作者排除了一切文学意图的干扰，这点对中国的学画青年来讲（包括我自己）开始并不理解，不如吞饮印象派甜甜的奶那样适意可口。塞尚的美是冰冻的，与之相反，凡·高的热情永远在燃烧，他的情融于景中，他的景是情的化身，他的作品大都是在每次激情冲动中一气呵成的，画面光辉通亮，迄今光泽犹新，像画成不久。提到油画风景，我立即就会想到尤脱利罗，他那笼罩着淡淡哀愁的巴黎市街风景曾使我着迷，他的画富于东方诗意，有些以白墙为主的幽静小巷，很易使我联想到陆游的诗：“小楼一夜听春雨，深巷明朝卖杏花。”尤脱利罗不仅画境有东方诗意，其表现手法也具东方特色，他不采用明暗形成的立体感和大气中远近的虚实感，他依靠大小块面的组合和线的疏密来构成画面的空间和深远感。以上这几位画家，都是我青年时代珍视的老师，我是经常在他们门下转轮来的，但他们之间又是多么不同啊！

“道可道，非常道”，传道不容易，传绘画之道尤其困难。作品被人们接受了，作者创作的道路被承认了，于是大家跟着走，规规矩矩地跟着走往往易成为盲目地跟着走。你向哪里走啊？因为艺术的目标不是模仿，是创造，一家有一家的路——思路，鲁迅说路是鞋底造成的。今年在新疆，我早上四点多起床，画了一幅乱石溪水滩上的日出，好些同道说色调很美，但我感到落入了印象派的老题材和旧手法，自己六十多岁了，面对自家江山，还学人口舌，感到很不舒服。路跑得远，地方看得多，确能增长见闻，多得启发，但并不等于就开辟了艺术的新路。我以往每到一地写生，感到很新鲜，一画一大批，但过后细看，物境新鲜（相对而言），画境并不新鲜。初到青岛，一味画那些碧海红楼，一到苏州就离不开园林，风景画似乎离不开名胜古迹的写照，或者只是图画的游记。在河北农村住了几年，由于天天在泥土里干活，倒重温了童年的乡土感受，留意到土里的小草如何偷偷地生长，野菊又悄悄地开花，树，哪怕是干瘦的一棵树，它的根伸展得多么远啊！风光景色渐渐不如土生土长的庄稼植物或杂树野草更能吸引我了。我于是怀念起塞尚后期扎根在故乡作画的故事，我曾专程去访问他的故乡艾克斯，围着他反复表现的圣维多利亚山观察，那也不过是寻常的法国南方景色，但孕育了一个伟大的塞尚。我也曾在黄山观察，发现许多曾经启发过石涛的峰峦树石，没有石涛，这些峰峦树石对我并不如此多情。尤脱利罗生长在巴黎，终生都画巴黎的市街，作品浸透了对巴黎的爱，有人问他如果告别巴黎他将带走什么，他说只带一点巴黎古老墙壁上的灰末。还是王国维说的，所有写景其实都是写的情，他说的是文学写景。绘画写景也同样是写情，以形写情，其中有特殊的复杂性，有自己的科学规律。

有两棵松树，实际高度一样，都是五米，但其中一棵显得比另一棵高得多。显得高的那棵主干直线上升，到四米处曲折后再继续上升一米；显得矮的那棵主干在一米处便屈胁了，然后再上升四米，像一个腿短而上身比例太长的人，予人的感觉是基础太矮，上升得很吃力。而主干高的那棵显得上升并不费劲，绰有余劲，所以显得高。如果将这两棵松树的主干用条抽象的曲折线表现出来，曲折在高处者那线具上升感，而曲折在低处者那线具下垂感。在授课中，有学生因画不出松树的高度而怨纸太小了，我偏要他在火柴盒上画出这棵高高的松树来，关键是要分析对象的形式特点，突出其形式中的抽象的特点。“美”的因素和特色总潜藏在具象之中，要拨开具象中掩盖了“美”的芜杂部分，使观众惊喜美之显露：“这地方看起来不怎么样，画出来倒很美！”小小的山村色块斑斑，线条活跃跳动，予人生气勃勃的美感，如果捕捉不住其间大小黑白块面的组织美及色彩的聚散美，而拘谨于房屋细部的写真，许多破烂的局部便替代了整体的美感。这一整体美感的构成因素属抽象美，或者颠倒过来叫“象抽”，也可以说是形式的概括。总之是必须抽出构成其美感形式的元素来，这种元素的的确确的存在正是画家们探索的重大课题。我们大都看过老国画家作画，尤其是作泼墨写意时，一开始，黑墨落在白纸上，或成团块，或墨线交错，或许画的是荷花？石头？老鹰？不意却是屈原！有时，刚落墨数笔，还根本没有表现出是什么名堂，老画师就说不行了，他立即撕毁了画纸。未成曲调先有情，未备具象先有形。是鹰是燕，固然要交代清楚，但鹰与燕的身段体形或其运动感更是作品美不美的决定性关键，在未点出鹰与燕的具象时，老画师在墨的抽象形式中已胸有成竹地把握了美与丑的规律。油画风景，山山水水、树木房屋……这些具体形象的表达并不太困难，而这些具体物体间抽象形式的组织结构关系，即形的起、伏、方、圆、曲、直及色的冷暖、呼应、浓缩与扩散等，才是决定作品美丑或意境存亡的要害。我有过一段难忘的回忆，那是在农村劳动期间，长期住在农民的家里，老乡们总是十分淳朴的，把我当成一家人看待，问寒问暖，很是亲切。每当我在田野画了画拿回屋里，首先是房东大娘大嫂们看，如果她们看了我的画感到莫名其妙，自己是一种什么滋味啊！我竭力要使她们懂！当她们说这画里的高粱很像时，她们是赞扬的，但我心里并不舒服，因为这画固然画得像，但画得并不好，如鱼饮水，冷暖自知，我不能欺蒙这些老实人！有几回，当我画得比较满意时，将画拿给老乡们看，他们的反应也显得强烈起来："这多美啊！"在这最简单的"像"和"美"的赞词中，我了解了老乡们具有的朴素的审美力，即使是文盲倒不一定是"美盲"。当然，并不能以他们的审美观作为唯一的标准，我对自己的作品私下提出过这样一个要求："群众点头，专家鼓掌。"我眷恋自己的土地和人民，我珍视艺术的规律，对抽象美是应做科学的分析和研究的，我努力探索寓抽象于具象的道路，真理有待大家不同的实践来检验！

去年在普陀山，遇到青岛啤酒厂的同志们远道去采购大麦。酿酒要选好粮食、好水源，创作文艺作品要生活源泉。"四人帮"倒台后，我与国外的同道旧友们恢复了通信，我为自己被封闭见闻十数年感到有些懊恼，但我能长期在辽阔的祖国大地上匍匐和奔驰又感到很

充实，我劝老友们回国来探亲，探亲事小，回来再感受一下伟大母土的芬芳将使他们的艺术起质的进展！风景哪边好？祖国好，故乡好，感情深处好！我倒并不是狭隘的乡土观念者，事实上我几乎每年都有几个月是生活在边远地区或深山老林里，也几乎将踏遍名山大川了。不过数十年来写生经验的总结愈来愈感到已不是华丽的名胜在吸引我。踏破铁鞋，我追寻的只是朴实单纯的平常景物，是极不引人注意的景物，但其间蕴藏着永恒的生命，于无声处听惊雷！嘉陵江三百里山水呼唤我扑向前去，而滨江竹林里的雨后春笋更令我神往。别人给我介绍桂林的七星岩、叠彩山……我中意的倒是那边如镜的梯田。常有同道们要外出写生时征求我的意见，问哪里好，说海南岛吧，海南岛什么地方好？什么景好？从什么角度画好？黄山呢？去的人更多了，迎客松应如何表现？先有概念，再去对号，带某种“成见”去辨认大自然，这种作画的方式，我给取个名吧，叫“按图索骥”。我没有理由反对别人按图索骥，他们也许终于真的索到了骥。我自己的体会还是习惯于伯乐相马，大自然丰富、繁杂，永远开发不完，情况总是千里马常有而伯乐不常有，画家的“慧眼”远比其“巧手”更珍贵！

巧手还是要的，技法的多种多样是缘于作者思想感情的差异，思想感情在不断变化，技法也就在无穷无尽地增生。“洋画片”（指20世纪三四十年代市面上流行的一些西洋画片），这名已含有贬义，贬它什么呢？我看并不因为它画法的细腻或审美的通俗。技法的各异是无可非议的，主要是缺乏意境，只停留在“景”的低级阶段。景中有情当然就不能局限在一个死角度徒然将景物来仔细描摹。我曾带领学生下乡写生，雨天不好活动，同学们采来大束野花在室内写生，这引起我要在野地直接写生野花的欲望，我不用手去采集野花，我用眼睛采集、组织那些长伴杂草和石头的精灵们！特别是野菊之类的小花，那是鬼闪眼的星空，似乎还发出大珠小珠落玉盘的铿锵之声！很难说我这画面算花卉、静物或风景。从情出发，题材内容可不受局限，静物、风景、人物之间的界限也均可打破，郭味蕖先生就曾探索花卉和山水的结合，体裁永远在演变！

“你这用的是纯黑？”我在外地写生中经常遇到当地美术工作者向我提出这个带着惊讶的疑问。不少人认为油画不能用纯黑和纯白，为什么不能，不知道，好像是老师说过不准用吧！印象派一味追求外光效果时是排除了纯黑与纯白的，在特定条件下追求特定效果时他们是有理由的。我也吃过印象派的奶，尊重这位百年前的老奶妈，但老奶妈讲的话有些已过时，只能当掌故听了。两千年来中国画家侧重黑与白的运用，创造了无数杰作，西方近代画家弗拉芒克大量用纯黑纯白，马尔盖画的码头也偏重于黑白的笔墨情趣，油彩的黑与中国的墨终于结成了亲家。其他技法方面的许多问题，如写意与写实，提炼或概括，从淋漓尽致的刻画到谨毛而失貌……中西画理的精华部分其实都是一致的，艺术规律是世界语，我希望大家不抱成见，做些切切实实的研究。

（1981年）

魂与胆——李可染绘画的独创性

“可贵者胆，所要者魂。”李可染先生谈过的许多有关山水画创作的精辟言论，都是从长期探索实践中所凝练的肺腑之言，他这两句对魂与胆的提醒，我感到更是击中了创作的要害，令人时时反省。

1954年在北海公园山顶小小的悦心殿中举行了李可染、张仃和罗铭三人的山水画写生展览，这个规模不大的画展却是中国山水画发展中的里程碑，不可等闲视之。他们开始带着笔墨宣纸等国画工具直接到山林中、生活中去写生，冲破了陈陈相因日趋衰亡的传统技法的程式，创作出了第一批清新、生动、具有真情实感的新山水画。星星之火很快就燎原了，中华人民共和国成立三十余年来的山水画新风格蓬勃发展，大都是从这个展览会的基点上开始成长的，我认为这样评价并不过分。

“写生”早不是什么新鲜事物了，西方绘画到印象派可说已达到写生的极端，此后，狭义的写生（模拟物象）顶多只是创作的辅助，打打零工，完全居于次要的地位了。“搜尽奇峰打草稿”，石涛也曾得益于写生，他的写生实践和写生含义广阔多了，但能达到这种外师造化又内得心源的杰出作者毕竟是凤毛麟角。日趋概念化的中国山水画贫血了，诊断：缺乏写生——生命攸关的营养。关键问题是如何写生，即写生中如何对待主、客观的关系。李可染早年就具备了西方绘画坚实的写实功力，困难倒不在掌握客观形象方面，用心所苦是在生活中挖掘意境，用生动的笔墨来捕捉生意盎然的对象，借以表达自己的意境。徒有空洞的笔墨之趣不行，徒有呆板的真实形象乏味，作者在形象与笔墨之间经营、斗争，呕心沥血。李可染在写生中创作，他是中国传统画家将画室搬到大自然中的最早、最大胆的尝试者，他像油画家那样背着笨重的画具跋山涉水，五六十年代间他的十余年艺术生活大都是这样在山林泉石间度过的，创作了一批我国山水画发展中划时代性的珍贵作品。

五代、宋及元代的山水画着意表现层峦叠嶂，那雄伟的气势惊心动魄，但迄清代的四王，虽仍在千山万水间求变化，但失去了山、水、树、石的性格特征，多半已只是土馒头式的堆砌，重复单调，乏味已极。李可染在水墨写生中首先捕捉具有形象特色的近景，仿佛是风景的肖像特写，因之，他根据不同的对象，不同的面貌特征，采用了绝不雷同的造型手法，力求每幅画面目清晰，性格分明。《夕照中的重庆山城》统一在强劲的直线中，那滨江木屋的密集的直线与桅樯的高高的直线和谐地谱出了垂线之曲，刻画了山城某一个侧面的性格特征。作者当时的强烈感受明显地溢于画面，他忘乎所以地采用了这一创造性的手法，这在中国传统绘画中前所未有，是突破了禁区。正由于那群控制了整个画面的细直线显得敏捷有动势，予人时而上升时而下降的错觉，因而增强了山城一若悬挂之气势，表现了山城确乎高高建立在山上。《梅园》除一亭外，全部画面都是枝杈交错，乱线缠绵，繁花竞放，红点密集。在墨线与色点紧锣密鼓的交响中充分表现了梅园的红酣，梅园的闹，梅园的深邃意境。当我最初看到这幅画时，感到这才是我想象中所追求的梅园，是梅园的浓缩与扩展，它令我陶醉。这里，作者用粗细不等的线、稠密曲折的线、纷飞乱舞的线布下迷宫，引观众迷途于花径而忘返。在貌似信手狂涂狂点中，作者严谨地把握了点、线组织的秩序与规律，要组成这一充实丰富、密不通风的形象效果大非易事，失败的可能远远多于成功的机缘，所以李可染常说：废画三千。在《鲁迅故乡绍兴城》中，全幅画面以黑、白块组成的民房作基本造型因素，用以构成沉着、素朴而秀丽的江南风貌。偏横形的黑、白块之群是主体，横卧的节奏感是主调，以此表现了水乡古老城镇的稳定感和宁静气氛，那些尖尖的小船的动势更衬托和加强了这种稳定感和宁静气氛。这批画基本都是在写生现场完成的，这种写生工作显然不是简单地模拟对象，而是摸透了对象的形象特征，分析清楚了构成对象的美的基本条件后，狠而准地牢牢把握了对象的造型因素，用其各不相同的因素组成不相同的画面。这是提炼，是夸张，而其中形式美的规律性，也正与西方现代艺术所探求的多异曲同工之处。

为了充分发挥每幅作品的感染力，李可染最大限度地调动画面的所有面积。他，犹如林风眠和潘天寿，绝不放松画面的分寸之地，这亦就是张仃同志早就点明的“满”。李可染构图的“满”和“挤”是为了内涵的丰富与宽敞。他将观众的视线往画里引，往画境的深处引，不让人们的视野游离于画外或彷徨于画的边缘。《峨眉秋色》的构图顶天立地，为的是包围观众的感觉与感受，不让出此山。《凌云山顶》中满幅树丛，将一带江水隐隐挤在林后，深色丛林间透露出珍贵的明亮的白。李可染画面的主调大都黑而浓，其间穿流着银蛇似的白之脉络，予人强烈的音响感。正如构图的“满”是为了全局的“宽”，他在大面上用墨设色之黑与浓是为了突出画中的眉眼，求得整体醒目的效果。李可染的艰苦探索已为中国山水画开辟了新的领域，扩大了审美范畴。今天年青一代已很自在地通过他建造的桥梁大步走向更遥远的未来，他们也许并不知道当年李先生是在怎样艰难的客观条件下工作的。《新观察》杂志曾借支100元稿费支持他攀登峨眉，而保守派则坚不承认他的作品是中国画，说那不过是一个中国人画的画。

我爱李可染的画，爱其独创的形式，爱其自家的意境。他的意境蕴藏在形象之中，由形式的语言倾吐，无须诗词作注解。《鲁迅故居百草园》其实只是平常的一角废园，然而那白墙上乌黑的门窗像是睁大着的眼睛，它凝视着观众，因为它记得童年的鲁迅。杂草满地，清瘦的野树自在地伸展，随着微风的吹拂轻轻摇曳，庭园是显得有些荒芜了，正寄寓了作者对鲁迅先生深深的缅怀。李可染画中比较少见的，是作者在这幅画上题记了较长一段鲁迅的原文，这是作者不可抑止的真情的流露。就画论画，即便没有题记，画面也充分表达了百草园的意境。在《拙政园》及《颐和园后湖游艇》中，李可染一反浓墨重染的手法，用疏落多姿的树的线组织表达了园林野逸的轻快韵致。诗人以“总相宜”三字包括了浓妆与淡抹的美感，这是文学。绘画中要用形象贴切地表现浓妆与淡抹的不同美感，却更有一番甘苦。李可染在《杏花春雨江南》中通篇用峣峣淡墨表现雨中水乡，淡墨的银灰色与杏花的粉红色正是谐和色调。类似的手法也常见于《雨中泛舟漓江》等作品中，令观众恍如置身于水晶之宫。所要者魂，魂，也就是作品的意境吧！

我感到《万山红遍》一画透露了作者艺术道路的转折点，像饱吃了十余年草的牛，李可染着重反刍了，他更偏重综合、概括了，他回头来与荆、吴、董、巨及范宽们握手较量了！他追求层峦叠嶂的雄伟气势，他追求重量，他开始塑造，他开始建筑！然而新的探索途中同样是荆棘丛生，路不好走，往往是寸步难行！李可染采用光影手法加强深远感，他剪凿山的身段以表现倔强的效果。于是又开始大量地失败，又一番废画三千。老画家不安于既得的成就和荣誉，顽固地攀登新的高峰，他自己说过，死胡同也必须走到底才甘心。“马一角”虽只画一角，但作品本身却是完美的整体。李可染的写生作品即便有些是小景小品，也都是惨淡经营了的一个独立的小小天地。但他如今更醉心的是视野开阔、气势磅礴的构图了：飞瀑流泉，山外青山。这类题材由于中国人民最熟悉，永远爱好，因此传统绘画中代代相传，只可惜画滥了，早成了概念化的老套套。最近我看到李可染1982年的一幅新作山水，表现了“山中一夜雨，树杪百重泉”的王维诗境，整幅画面由黑白相间的纵横气势贯通，全局结构严谨，层次多变而统一。山、树、瀑，形象均极生动，体态屈曲伸展自然，却又带有锐利的棱角，寓风韵于大方端庄之中。我按捺不住心头的喜悦与兴奋，对李先生说：这是您现阶段新探索的高峰，是您70年代至今的代表作！

诗歌《拉奥孔》运用时间作为表现手法，雕刻《拉奥孔》的表现手法则完全依凭空间。这是莱辛早就分析了的文学与造型艺术表现手法间的根本区别。“牧童归去横牛背”是诗，是文学，表现这同一题材的绘画作品已不少，但大都只停留于用图形作了文学的注脚。李可染在其《牧归图》《暮韵图》等等一系列表现农村牧童生活情趣的作品中，着力强调了“形式对照”这一绘画的固有手法。焦墨塑造了如碑拓似的通体乌黑的牛，一线牵连了用白描勾勒的巧小牧童；俏皮的牧童伏在笨拙的牛背上，大块的黑托出了小块的白；夏木荫浓，黑沉沉的树荫深处躲藏着一二个嬉戏的稚气牧童，牛，当它不该抢夺主角镜头时，往往只落得虚笔淡墨的身影。李可染的牛与牧童之所以如此迷人，是由于他在天真无邪的牛与儿童的生活情趣中挖掘了黑与白、面与线、大与小、粗豪与俏皮间的无穷的形式对照的韵律感。作者的强烈对照手法同样运用于人物画创作，他的《钟馗嫁妹》中那个浑身墨黑的莽汉子后面跟着一个通体用淡墨柔线勾染的弱妹子。我爱听李先生说戏，他谈到当红脸宽袍气概稳如泰山的关羽将出场时，必先由身躯小巧裹着紧身衣的马童翻个筋斗满场。这动与静、紧与宽的衬托不正是李可染《牧归图》的范本吗？这使我想起李可染真诚地、长期地向齐白石学习，但齐白石并非山水画家，李可染则从不画花鸟。

张仃同志还曾指出过李可染作品的另一特色："乱"。李可染在作品中力求用笔用墨的奔放自由，往往追求儿童那种毫无拘束的任性，使人感到痛快淋漓。特别是在写生期作品中，因写生易于受客观物象的约束，他力避刻板之病。大人者不失其赤子之心，李可染在新中国成立前的人物画中，早已流露了其寄情于艺术的天真的童心。"乱"而不乱，李可染于此经营了数十年，看来潇洒的效果也正是作者用心最苦处。李可染不近李白，他应排入苦吟诗人的行列，他的人物画中多次出现过贾岛。可贵者胆，李先生在艺术创作中是冲撞的猛士，但在对待具体工作时，从艺术到生活，对自己的要求是严格的。他作画不喜欢在人群中表演，连写字也不肯做表演。有一回在一个隆重的文士们的雅集会上，被迫写了几个字，他写完后对我说：心跳得厉害！我看他脸上红得像发烧似的。良师益友，四十余年的相识了，前几年他送我一幅画，拿出两幅来由我挑选一幅，我选定后他再落款，虽然那只是写上姓名和纪念等几个小字，但涉及全局构图的均衡，且落笔轻重和字行的排列还费推敲，他于是请我先到隔壁房里去等待。岁月不肯让人，七十余高龄的李可染已在遭到疾病的暗暗袭击，手脚渐渐欠灵活了，他有时哆嗦着在画面上盖印，他的儿子小可是北京画院的青年画家，自然可以代替他使用印章，但李先生不让，他对盖印位置高低的苛刻要求是任何人不能替代的！

今年春节到李先生家拜了个年，回来写下这点心得作为自己学习的回忆，并以此为李先生恭贺新春，祝他的艺术新花开遍祖国，开遍东方和西方！

（1983年）

荼七三
北京

身家性命，烈火中

——读《亲爱的提奥》

亲友及熟人们闲谈时，每谈及西洋画，便往往会问我：“听说有一位自己割掉耳朵的画家，是真的吗？是疯子吧？”我只能说是真的。我的回答止于此，很难在轻松短暂的叙谈中进一步介绍文森特·凡·高（1853—1890）其人其画，为他割耳朵的奇闻翻案定性。

我学画之始，一接触到凡·高的画，便如着了魔，作品中强烈的感情与活跃的色彩如燃烧的火焰，燃烧着读者。除却巫山不是云，我从此偏爱他，苦恋他，愿以自己年轻的生命融入他艺术的光亮与炽热之中！画如其人，我渴望更多地了解他。后来读到他的书信集，苦命作家发自内心的私房话，情悲怆而志宏远，句句催人泪下。20世纪50年代初我从法国回到北京，曾向出版社毛遂自荐，愿根据法文本翻译这书信集，并提到日本已译出近二十年了。我的自荐未被采纳，人们也还继续在嘲笑割耳朵的疯子画家！一个多月前，我收到四川人民出版社寄来的他们刚出版的《亲爱的提奥（凡·高书信体自传）》（美国欧文·斯东夫妇编，平野译），感到十分欣喜。我当时正要外出，便带着这本650多页的厚书在旅途中细读了一遍，庆贺凡·高终于被真实地介绍给中国人民了。他何曾梦想过将会在东方古国看到无穷的鲜花：知音的爱，同行的泪！编者斯东于1934年出版了他的小说体传记《凡·高传》（如今在中国台湾和大陆先后均已有中译本），传记虽也写得动人，但仍有些传奇味道，特别是掺进了极不合适的浪漫情节。而这本书信体自传则句句是作者的内心独白，赤裸裸、血淋淋，没有比这更真实更深入的生命的写照了！编者将原稿1670页的材料缩编成一本流畅的、连贯的、分量适当的书，使每一个人都能够阅读与享受这本书，这对中国读者也是较合适的。

瀑布奔泻千丈，激动心弦，有心人都想攀上绝壁去探寻白练的源泉，力量的源泉。短促生命三十七载，却为人类创造了千古绝唱的杰作，人们都曾臆测过疯子凡·高灵魂深处的天堂与地狱吧！凡·高书信的发表，使我们紧跟着穷画家苦度了数十个春秋，触到了他心脏的剧烈跳动，听到了他的哀鸣，分享了他的醉。穷，折磨了他一辈子，找职业，店员、教师、传教士，最后将身家性命投入了绘画中，绘画是正规的职业吗？他从此坠入了无边际的贫穷海洋中，经常面临着被淹死的危机，面包、咖啡、衣帽、画具……一切的一切，全靠那个善心的弟弟提奥供给。弟弟提奥真是竭尽了母亲的职责，凡·高给提奥的大量书信，是浪子对妈妈的倾诉！提奥也并不富裕，凡·高并不屡向弟弟要钱，每次也只要100法郎、20法郎、50法郎，都是急等着吃饭、付房租、还债。他是不忍心总向弟弟要钱的，他一直盼望和争取自己的作品能卖出去，卖出去，为了自己，更是为了解放提奥，当提奥告诉他终于卖掉了一幅画的时候，他已将离开人世。

穷汉凡·高具有一颗最炽热的心，他的爱像烈火，烘暖人心，也烧焦人的眉发。他真心真意爱穷苦的劳动者们，他到矿区传教，用他自己的感受与见解来讲解福音书，用他自己的有血有肉的具体的爱来替代基督教义抽象的爱。书信中说："……这里有许多患伤寒与恶热病的人，他们称之为可恶的寒热病，这种病使他们做噩梦，发谵语。在一幢房子里的人全患热病，很少或者根本没有人来帮助他们，所以他们不得不自己来护理病人。大多数煤矿工人由于寒热病而变得身体瘦弱，脸色苍白，形容憔悴，疲惫不堪。由于饱经风霜而使他们早衰，妇女们也都瘦骨嶙峋。煤矿矿山的周围，净是工人们的小屋，房子的旁边有一些被烟熏黑的枯树、荆棘篱围、粪堆、垃圾堆，以及没有用的废煤堆。"在这样的地方工作，他说："如果上帝保佑我，使我在这里得到一个永久性的职位的话，我会非常、非常高兴的。"

凡·高无从考虑拯救广大苦难劳动者的根本的道路，他怀着深厚的同情与爱想来表现他们，这就是他绘画的萌芽。各样花朵有各自的种子，凡·高绘画之花的种子里充满着苦难与爱情。

这样的凡·高不能没有爱情，但是偏偏没有爱他的女人。他强烈地爱他的表姐，表姐是不肯嫁他的，后来回避他，他追到她家里求见，她不露面，他执意等待，将自己的手伸入蜡烛的火焰中能够保持多久就等待多久。有一个被遗弃的孕妇给凡·高当模特，苦难人惜苦难人，凡·高收容了她，一度组了个贫穷的小家庭，画家多么向往着宁静的生活，家庭的温暖啊！他又只能要求提奥负担每月添增的费用，提奥是天使！

小家庭毕竟破裂了，画家只能专一地到绘画中去寻找爱情的寄托和痛苦的麻醉。凡·高从事绘画前后不过十年，但经常每天工作十余小时，画得精疲力竭，最后的七年更是忘我地投入到如醉如狂的创作生涯，他的花朵是用血浇灌的。

凡·高的早期作品着眼于生活的苦难，着力描写种土豆的农民、织布的工人、故乡荷兰的矮屋、田野里稀落的羊群……而这些也正是米勒的画题，米勒是他心目中的画圣。

“米勒的《晚钟》是一件好作品，是美，是诗。你要尽力地赞美它；大多数人都对它不够重视。”“呵，提奥，我说，米勒是一个多么伟大的人啊！我向德·布克借来申西尔的伟大著作；我点起灯，坐起来看这本书，因为白天我必须作画。我刚巧在昨天读到米勒所说的话：‘艺术便是战斗。’”凡·高看到他老师毛威的一幅画，画着拖渔船的瘦马，“这些可怜的、被虐待的老马，黑的、白的、棕色的马，它们忍耐地、柔顺地、心甘情愿地、从容自在地站着……我以为毛威的这幅画，是为米勒所称赞的那种少有的绘画作品。米勒会在这种画前面长久地站着，嘴里喃喃地自言自语地说：‘画得很有感情，这才是画家。’”一天夜里，当他看到牛棚里的一个小姑娘因母牛阵痛而流泪时，他犹如看到了米勒的画面。当别人谈到法国学院派一些作家的作品时，凡·高更愿看米勒画的家庭妇女，认为漂亮的躯体有什么意思呢？畜生也有肉体，或者甚至比人的肉体更加棒，至于灵魂，这是任何畜生都永远不会有的。他无休止地临摹米勒的作品，追求乡间的、纯朴的灵魂之美。“……当我有更多的收入的时候，我经常要搬到与大多数画家的要求不同的地区住，因为我的作品的构思，我所要采取的题材，顽强地要求我这样做……所以人们宁愿待在有东西可以画的最脏的地方，而不喜欢与漂亮的太太在茶会上鬼混——除非要画太太。”这样的艺术观奠定了凡·高表现手法中现实主义的基本特征，他的作品深深地根植于现实，他永远不肯离开模特去虚构人物，他到处寻找模特，揭示模特由于身心磨难而铸成的独特形象，他笔底人物的形象令人永远难忘怀！

凡·高从事绘画之始是与文学构思混淆着的，或者说更多情况是由于文学构思的推动，绘事有时不免居于从属地位。当他接触到巴黎的印象派之后，以视觉感受为主导的表现手法大大刺激了荷兰乡土画家，他彻底改变了固有的色彩学观念，斑斓的画面替代了沉郁的色调。但是他没有沉湎于印象派的迷人情调。“……通过印象派画家，色彩得到了肯定的发展（尽管他们进入了迷途）。然而德拉克洛瓦却已经比他们更加完善地达到了这个目标。米勒的画几乎是没有色彩的，他的作品多么了不起啊！从这一方面看，疯病是有益的，因为人会变得不太排斥别人。印象派有很多长处，但是从那些长处中却找不到人们想要看到的重要的东西。”“巴黎人对于粗犷的作品缺乏鉴赏力，这是一种多么大的错误啊！我在巴黎所学到的东西，已经被我扔掉了，我返回到我知道印象派以前在乡下所拥有的观念。如果印象派画家责备我的画法，我不会感到惊奇，因为我主要不是接受他们的影响，而是德拉克洛瓦的设想的影响。为了尽量表达我自己的情感，我更加任性地使用颜色。”其实凡·高并没有扔掉巴黎学来的东西，他利用了印象派所发现的色彩的科学规律，更淋漓尽致地、神异地表达他强烈的感受与情思，以视觉形象为主的绘画构思是他画面的主导了。如果说他前期作品偏于诗中有画，则后期作品是画中有诗。“……色彩的研究，我始终想在这方面有所发明，利用两种补色的结合，它们的混合与它们的对比，类似色调的神秘颤动，表现两个爱人的爱；利用一种浅色的光亮衬着一个深沉的背景，表现脑子里的思想；利用一个星星表现希望；利用落日的光表现人的热情。在照相写实主义中确实没有什么东西，但是其实是不是存在着某些东西呢？”“在我的油画《夜间咖啡馆》中，我想尽力表现咖啡馆是一个使人毁掉自己、发狂或者犯罪的地方这样一个观念。我要尽力以红色与绿色表现人的可怕激情。房间是血红色与深黄色的，中间是一张绿色的弹子台；房间里有四盏发出橘黄色与绿色光的柠檬黄的灯。那里处处都是在紫色与蓝色的阴郁的房间里睡着的小无赖身上极其相异的红色与绿色的冲突与对比。在一个角落里，一个熬夜的顾客的白色外衣变成柠檬黄色，或者淡的鲜绿色。可以说，我是要尽力表现下等酒店的黑暗势力，所有这些都处于一种魔鬼似的淡硫黄色与火炉似的气氛中，所有这一切都有着一种日本人的快活的外表与塔塔林（塔塔林系都德小说中人物——笔者注）的好脾气。”

地动山摇、树丛飞龙蛇、房屋伏狮虎、麦田滚热浪、醉云奔腾、繁花喷艳……一切都被织入了凡·高豪迈绚丽画图的急剧旋涡里。20世纪50年代初，我曾专程去法国南方阿尔追寻凡·高画境的源泉，并特意住进他住过的那类小旅店，一连几天到四野探寻大师的踪影。那里依旧有树丛、房屋、麦田、繁花……但其间并无龙蛇狮虎的骚动，房屋是稳定而垂直的，地平线是宁静的。凡·高为了尽量减轻提奥的负担，一直在寻找生活最便宜的乡村，他不断迁居、流浪，每搬到一个新村子，都感到是美丽的，当地的人民是可爱的，情人眼里满是画。谁都见过繁星的夜空，谁又见过繁星似花朵的夜空！“……毕沙罗说得对：你必须大胆夸张色彩所产生的调和或者不调和的效果；正确的素描，正确的色彩，不是主要的东西，因为镜子里实物的反映能够把色彩与一切都留下来，但毕竟还不是画，而是与照片一样的东西。”“当保尔·曼兹看到德拉克洛瓦感人的、强烈的草稿《基督的船》时，身子转了过去，大声说：‘我不了解人们怎么能够被一点蓝色与绿色引起那么强烈的恐怖。’北斋也使你发出同样的呼喊，但是他是以他的线条、他的版画使你惊异的。当你在你的信中说‘波浪是爪子，船给波浪抓住’时，你感到恐怖。如果你把色彩画得真实，把素描画得真实，它就不会使你产生类似那样的感觉。”“……我的手头有一幅画着田野上月亮升起的画，并且在努力画一幅我生病前几天开始画的油画——一幅《收割的人》。这幅习作全是黄色，颜料堆得很厚，但是主要的东西画得很好，很简练。这是一个画得轮廓模糊的人物，他好像一个为要在大热天把他的工作做完而拼命干活的魔鬼；

我在这个收割的人身上，看到了一个死神的形象，他在收割的也许是人类。因此这是（如果你高兴这样说）与我以前所画的播种的人相反的题材。但是在这个死神身上，却没有一点悲哀的味道：他在明朗的日光下干活，太阳以一种纯金的光普照着万物。”读凡·高的画，画中总有一种勾人心魂的魅力；读其书，魅力来自平凡的、正义的、亲切的、被迫害的善良人的坦率的极度敏感！

凡·高坚信，为工作而工作是所有一切伟大艺术家的原则，即使濒于挨饿，弃绝一切物质享受，也不灰心丧气。“你知道我经常考虑的是什么吗？即使我不成功，我仍要继续我所从事的工作。好作品不一定一下子就被人承认，然而这对我个人有什么关系呢？我是多么强烈地感到，人的情况与五谷的情况那样相似。如果不把你种在地里发芽，有什么关系呢？你可以夹在磨石中间磨成食品的原料。幸福与不幸福是两回事！两者都是需要的，都是有好处的。”“颜料的账单是一块挂在脖子上的大石头，可是我必须继续负债！”“要不是我长时期地饿肚子，我的身体会健壮的；但是我继续不断地在饿肚子与少画画之间进行选择，我曾经尽可能地选择前者，而不愿少画一些画。”“当人们逐渐得到经验的时候，他同时也就失去了他的青春，这是一种不幸。如果情形不是这样的话，生活该会是多么美！”

狂热地工作的凡·高的不幸不止于生活的坎坷，疾病不时来袭击，终于精神失常而割下了自己的耳朵，发了疯病，间歇性的疯病。间歇期间，神志仍是非常清醒的，他加倍发奋地作画，以此来压抑精神和肉体的痛苦。“贝隆大夫说，严格地说，我不是发疯，我想他是正确的；因为在发病的间歇，我的心境绝对正常，甚至比以前更加正常。幸亏那些讨厌的噩梦已经不再使我受折磨。而在发病的时候，噩梦是可怕的，我对一切都失去知觉。但是发病驱使我工作，认认真真地工作，像矿工那样。矿工们总是冒着危险，匆匆忙忙地干他们的工作的。”“画画似乎对我的身体康复至关紧要，由于最近几天没有事情干，不能够到他们分配给我作画的房间里去作画，我几乎吃不消了。工作激励了我的意志，所以我不太注意我的心智衰弱。工作比别的什么都更能使我散心。如果我能够真正使自己全身心地从事画画的话，画画也许就是最好的药。”待到疾病复发，他感到绝望时，便借口打乌鸦，带着手枪到野地里结束了自己难以忍受的无边际的苦难生涯。

（1984年）

美盲要比文盲多

行路长见闻。一路名胜之多，令人目不暇接，而“美盲”之多，亦是见闻之一。

我乘船去长江支流大宁河的小三峡游览，发现同舟的几对青年男女，每人手里一本小人书，撇开两岸的大好风光，看书度光阴。另见一胜地，陈列了许多老树根，神态突兀，确是极好的欣赏对象，然而也许正是为了“欣赏”的缘故吧，它们分别被涂上了各种颜色！

我赶到山西芮城看元代永乐宫的壁画，交通十分不便，一路打听时，常常听到一些熟悉当地的好心人的劝告：那里没有什么可玩的，很苦，你们那么大年纪，何必赶去！确实，看壁画的人并不多，显得冷冷清清。

我见过的寺庙不算少，近几年来又都香烟缭绕，拥挤的人群在顶礼膜拜菩萨。菩萨大都是被作为紧急任务赶塑起来的，因原先的早在

“文革”中被毁了。新菩萨与老菩萨之间，实在已没有丝毫的血缘关系了，艺术的血缘啊！

一月奔波，最大的收获是饱看了南阳的汉画像石。南阳是刘秀的家乡，虽说帝皇本无种，南阳却因此布满了无数皇亲国戚的巨大陵墓。单就汉画馆里陈列的部分画像石看，其艺术的气概与魅力，已够令人惊心动魄了。那粗犷的手法，准确扼要的表现，把繁杂的生活情景与现实形态概括、升华成艺术形象，精微的细节被统一在大胆的几何形与强烈的节奏感中。其中许多关键的、基本的艺术法则与规律，正是从西方后期印象派开始所探寻的瑰宝！谁是汉画的作者？作者巨匠们很有可能是不识字的文盲，但通过实践与借鉴，却创造了伟大的艺术。文盲与美盲不是一回事，二者间不能画等号，识字的非文盲中倒往往有不少不分美丑的美盲！

那天正是清明节，成群的小学生到烈士陵园扫墓后又打着红旗顺路来参观汉画馆，熙熙攘攘而来，嘈嘈杂杂而去，扬起了满馆飞尘。孩子们见到了什么呢？我沉湎于回忆中：青年时代在法国留学，我的法语很差，听学院的美术史课只能听懂一半，很苦恼。有一回在卢佛尔博物馆，遇到一位小学教师正在给孩子们讲希腊雕刻，她讲得慢，吐字清晰，不仅讲史，更着重谈艺术，分析造型，深入浅出，很有水平。我一直跟着听，完全听懂了，很佩服这位青年女教师的艺术修养。比之自己的童年教育，我多羡慕这些孩子们啊！最近几年，美育终于开始被重视。我希望，若干年后，那些难看的日用品和费了劲制造出来的丑工艺品将无人问津！

（1984年）

无心插柳柳成荫

——中国画创新杂谈

常有昔日的学生及一些年轻人来信请教中国画的创新问题，我自己也创不好，怎能答复，谁又能开出创新的方案呢？都在努力创新，在探寻各式各样的新手法，想出奇制胜者尤多。新手法新样式固然也促进艺术内涵的递变，但技的演变若非缘于情之生发，一味为标新立异，则有意种花花不开，技中求艺，是缘木求鱼。无心插柳柳成荫，倒是符合艺术诞生的规律，柳插入了宜于生根的水土中，人们珍视水土！

虽是纸上谈兵，仍需探讨我们古老的绘画传统如何抽发出新枝来。大家早已认识近亲繁殖之恶果，如何吸取外来营养是传统健康发展的关键问题。伟大传统历史悠久，内容博大，但只求继承，还是比较单一的，有案可查，有例可循，要做到继之承之而不走样并非不可能。不守家规，爱上远方来客，同外国联姻生个漂亮的混血儿是喜事，但在艺术中杂交而生出出色的混血儿来却困难得多，然而新生的混血儿一代将是世界艺坛上强劲、活跃、健康的一代，明天是属于他们的！有东方父亲和西方母亲的混血儿，也有东方母亲和西方父亲的混血儿。东、西方艺术的融会与结合再复杂多样，不限于油彩与水墨之差异，不限于写实与写意、体面与线条、绘制与书写……千里之行始于脚下，从脚下谈起。从总的方面看，中国画大都着重用线造型，完成轮廓是绘事之本。印象派否认线之存在，认为物与物相碰或相托都凭色相及明度的差异，其间并没有线，线只是人为的界线。他们所见的全是空间世界中物与物的关系，不着眼孤立的物象，一味强调空间气氛中色相之美感。由此观之，中国画在纸的平面上用线画出清晰的形象，白纸上出现一个形象，形象是相对孤立的，与白纸背景并无严格的制约。无环境制约，突出了剪影式的形象，往往很醒目，但手法毕竟太单一，面对千变万化的客观世界，表现的能量极有限。古代的范宽、近代的龚贤体会到环境深远与体面厚实的重要，他们利用惯用的线之结构与笔触来制造厚实与深远感；米芾用墨点之浓淡来渲染空间层次；虚谷在线的继续中求其苍茫，竭力使形象融入无尽的空间里，他利用白背景做统一基调，使形象与背景浑然一体，避免了剪影式的单薄感。这些有创造性的杰出作者们在工具的局限性中竭力展拓表现手法，丰富画面，引深意境。他们在时代的局限中开辟了田园，艰辛地收获了自己耕作的粮食，我们吃其老本？参照印象派及其他西方许多有贡献的流派，参照雕塑、音乐、建筑、摄影……我们更能体会古代大师们用心之良苦，敬佩他们，但我们已处于更有利的条件之中，子孙已从爷爷的孤陋中走出去！

杰出的作品不受时代的淘汰，印象派否定不了我们的线之特色，比印象派更年轻更新的西方画派吸取了东方的线与韵。谁也说不清混血儿最早诞生于东方还是西方，怕只怕混血儿偏偏吸取了父母的缺点。自意大利文艺复兴以后，西方绘画充分发展了写实的本领，杰作无数，但杰作之所以杰出，主要是由于出色地表达了美感意境，若只论逼真，则逼真的作品太多太多了，未必动人。作为一个画家，必须充分掌握表现物象的基本能力，十八般武器件件拿得起来。但演出中常靠短打，在舞台上如何组织搭配得恰到好处，这是艺术。我是从实践中多次体会到这种甘苦的。早年学画水彩，有一回家里买来两条极新鲜的鳜鱼，湿漉漉，水淋淋，黄与黑的斑纹是那样的夺目。鱼等着下锅，我抢着画，抢那点水汪汪的色之美感。家里干脆说鱼暂时不吃，让我慢慢画。我于是另换一张较大的纸，仔细刻画起来，最后画成了鳃、鳍历历可数，眼目鼓鼓的两条死鱼。当然，并不是一概不能细画和具体刻画，有时美感正隐藏于繁杂之中，不深入刻画它是不肯显现的。

前年，非洲塞内加尔的挂毯到北京展出，引起了美术界的喝彩。毕加索真厉害，他有一双洞察各类造型美领域的慧眼，他发现了非洲民间艺术的强劲风格，为之拜倒，歌唱，追踪。通过他的再创造，人们更看清了非洲艺术的特色，他起过反射非洲艺术美的镜子的作用。塞内加尔挂毯展是现代作品，是他们传统的继承与发展，但其间看得

吴冠中 一九九〇

出也有毕加索的伴奏。今年在北京展出了陕西渭北地区的拴马石，粗犷、率直、纯真，又引起了美术界的喝彩。然而许多出色的民间艺术已不为民间重视，而美术工作者们对之倍加爱护、珍惜，也该效法毕加索式的镜子来反射其光华。发扬民间艺术已被提到继承传统的重要方面，其中矿源确乎太丰富了！

工具材料与技法有着紧密的因果关系。宣纸上不宜塑造，托不住浓重多样的彩色。于此作加法难，作减法倒能发挥特殊效果。我在绘画生涯中背负了五十年油彩，基本作加法，近十余年来转到水墨，可说是转向减法，减法还从加法中来。在油彩中，我从繁杂多彩、对比强烈逐步趋向素淡和单纯，投奔于黑与白。这促使我舍油布而迁居宣纸，颇感顺理成章。这是个人的狭隘经验，如果我还是青年，今日才开始用宣纸学习国画，则又将如何对待彩塑呢？思往事，时不再来！我学生时代兼学西画和国画，西画为主，国画为辅。国画老师潘天寿指导从临摹入手，遍临石涛、八大山人、沈周、老莲，上溯元、宋，我一度入了国画系。但感情如野马的年轻人未安于水墨雅淡之乡，后我又跳回了西画系，热恋凡·高和马蒂斯去了。时代的变迁，个人的经历和年龄铸造了今天的我，无从后悔，无可自得，自己无法对自己做出客观的评价，倒是可作为别人的借鉴，衰草乃新苗之肥！

欢呼开放，和尚不再固守黄卷青灯，而热衷于云游四方，放眼世界，吸取一切有益的表现手法和工具材料。传统的和外来的济济一堂，互相启示。但诸多技法的创新并不等于艺术的创新，艺术归根还是只能诞生于生活，有所感而发，有所爱而画，画被情催发，几乎忘了技法。作品，是作者与人民感情交流的产儿，在人民中引起共鸣，这交流与共鸣应是艺术之实质，插在这个实质上的柳，多半能成荫吧！

（1985年）

说『变形』

“变形”一词含义是明确的，指对象被变了形。在哈哈镜里看到的自己或别人，就都已变了形。我们已习惯在造型艺术中沿用“变形”一词，指并非完全模仿对象而有意变其形的表现手法。但“变形”一词其实是曲解了艺术创造的本质，甚至是“伪造艺术”的教唆犯。

骨科医生熟悉人体骨骼的精确构成；内科医生掌握人体消化系统及循环系统等等规律，经络似乎看不见，针灸大夫体会其间确凿存在着隐蔽的通渠。一副人体骨骼架或一幅剥了皮的血管运行图往往触目惊心，但它们是真实的，比平常所见的人之外表更真实地表现了人之各个方面。艺术家表现人，活人。活人的样式和特点多：有重量、有力量，活动、宁静……当作者为了充分抒写人的执着、敏感、狂想、迷惘等等不同情怀时，笔底自然流露出某一时空或瞬间中感受到的人的独特形象：无锡泥人阿福的圆脸团团、亨利·摩尔弧状与块状构成的永恒、《马踏匈奴》的厚重、杰克梅第的干瘦、周昉的丰腴、老莲的狂怪、莫迪利亚尼的舒展……都着意于充分表达特定的情意与情趣，于是作品中的形象与客观对象的外貌便有了较大或很大的差距，“变形”了，却更真切地、淋漓尽致地表露了感受中的对象。我一向不同意将这种表现手法中的真实性与深刻性名之曰“变形”。有人初次见到这样的艺术形象也许会惊讶，正像起先也许怀疑人体骨骼或血管图就是自己生理的真实。

正因为许多杰出的造型艺术作品是属于“变形”范畴的，当对这些成功的作品并未理解与体会或一知半解时，人们也就会先模仿，仿其“变形”，似乎“变形”是“成功”的标志或捷径。

“形”是创造的结果，而“变”包含着构思、探索与提炼的艰苦历程。并未理解便先模仿也无妨，在模仿中逐步加深认识。不怕幼稚，幼稚必然会走向成熟，但艺术创作最忌虚伪、装腔作势。分娩，只能是怀孕的结果。各科医生在自己的专业里精益求精，竭力探索生命之奥秘，不过他们都必须有一个共同的知识基础：彻底研究过人体的整体机能。在造型艺术中，如对人的具象规律不掌握，对形式美无体会，就想哗众取宠要变形，是自欺，但欺不了人，欺人也欺不久！

（1987年）

笔墨等于零

脱离了具体画面的孤立的笔墨，其价值等于零。

我国传统绘画大都用笔、墨绘在纸或绢上，笔与墨是表现手法中的主体，因之评画必然涉及笔墨。逐渐，舍本求末，人们往往孤立地评论笔墨，喧宾夺主，笔墨倒反成了作品优劣的标准。

构成画面，其道多矣。点、线、块、面都是造型手段，黑、白、五彩，渲染无穷气氛。为求表达视觉美感及独特情思，作者可用任何手段：不择手段，即择一切手段。果真贴切地表达了作者的内心感受，成为杰作，其画面所使用的任何手段，或曰线、面，或曰笔、墨，或曰××，便都具有点石成金的作用与价值。价值源于手法运用中之整体效益。威尼斯画家委罗内塞（Veronese）指着泥泞的人行道说：我可以用这泥土色调表现一个金发少女。他道出了画面色彩运用之相对性，色彩效果诞生于色与色之间的相互作用。因之，就绘画中的色彩而言，孤立的颜色，赤、橙、黄、绿、青、蓝、紫，无所谓优劣，往往一块孤立的色看来是脏的，但在特定的画面中它却起了无以替代的作用。孤立的色无所谓优劣，则品评孤立的笔墨同样是没有意义的。

屋漏痕因缓慢前进中不断遇到阻力，其线之轨迹显得苍劲坚挺，用这种线表现老梅干枝、悬崖石壁、孤松矮屋之类别有风格，但它替代不了米家云山湿漉漉的点或倪云林的细瘦俏巧的轻盈之线。孰优孰劣？对这些早有定评的手法大概大家都承认是好笔墨。但笔墨只是奴才，它绝对奴役于作者思想情绪的表达。情思在发展，作为奴才的笔墨的手法永远跟着变换形态，无从考虑将呈现何种体态面貌。也许将被咒骂失去了笔墨，其实失去的只是笔墨的旧时形式，真正该反思的应是作品的整体形态及其内涵是否反映了新的时代风貌。

岂止笔墨，各种绘画材料媒体都在演变。但也未必变了就一定新，新就一定好。旧的媒体也往往具备不可被替代的优点，如粗陶、宣纸及笔墨仍永葆青春，但其青春只长驻于它们为之服役的作品的演进中。脱离了具体画面的孤立的笔墨，其价值等于零，正如未塑造形象的泥巴，其价值等于零。

（1992年）

曲

曲，曲折，是文学艺术中不可或缺的结构因素，甚至往往成为作品的主调。称之为歌曲，表明歌唱离不开跌宕、婉转、悠扬，声浪多曲，波状推进，绝非直着嗓子吼叫。在造型艺术中，曲之美丑更为突出。柳腰，柳的姿态之美多半缘于腰部之扭曲，故柳之美尤其显示在早春。早春，刚吐叶芽，枝线飘摇，微风吹来，曲线之美、之媚，最是引人入胜。我曾将之称为披纱垂柳，每年这个季节总要用绘画捕捉“柳如烟”的披纱垂柳，但难尽其妙，常扑空。盛夏，垂柳浓妆，绿荫蔽日，壮实而丰满，但失去了曲线之韵律，所以许多妇女千方百计要减肥。

“曲”构成美？未必，曲背的驼子不美，瘸腿行走也缘于无奈。推敲起来，曲线之美，由于不断变换着运动的方向，扩展了活动的空间。梅兰芳在小小的舞台上走S形，是为了冲破舞台场地的局限；林风眠在方形画幅中用弧曲线竭力营造无尽的宇宙空间。不是部位，不是火候，胡乱扭曲的现象正泛滥于舞台，充斥于画图，人道是东施效颦，不是莺歌燕舞。

中学时代学几何，要备一副三角板和两块曲线板，作为画直线和曲线的依赖。绘画中离不开曲线和直线，但无须曲线板和三角板，因那曲线和直线并非绝对意义上的曲与直，而彼此间有着相互渗透的微妙关系。人的脊椎曲而直，似乎是一切有关曲直美丑感的尺度。书法写一横，一波三折，绘画中的直线有时仿屋漏之痕，屈曲延伸。柔中有刚，曲线缠绵中也隐隐受控于横直线的秩序，否则易流于油滑。大师、工匠、民间艺人，在创造美感中对把握曲直之间的分寸，心有灵犀一点通，这个分寸啊，确乎成为美丑的分界线。

古代地大人稀，建造宫殿或大宅以占地面积之大摆威风，吓人。因无法建高层，便着力于厚实，城墙、宫门、房顶都有千年万世砸不烂的厚重、恒久感，于此形成了中国古建筑那种矮墩墩匍匐于大地的独特风格。寓美于朴，屋脊、飞檐翘起了曲线。北方庙宇崇实，飞檐只微微略翘，曲有度；南方亭榭空灵，飞檐高高翘起，长长的曲线似欲腾飞，工匠们把握了美丑之间的曲直分寸。今日全世界大都市高楼林立，几乎没有留给曲线扭动回旋的余地了。巴黎的塞纳河，伦敦的泰晤士河，在弯曲着穿行闹市，似乎给直线纵横的都市雕凿了美丽的大曲线，凡有这种大河的首都也可说是一种骄傲。

“孤松矮屋老夫家”，古代房矮，那高高的孤松，有风骨，有曲直之美，构成了画境。今日的大城市，难觅孤松矮屋之家，老夫们也都住入了高楼，要赏孤松，必须下楼，高楼矮松住宅区，着实委屈了高傲的松。驱车过闹市，偶见杂树成丛，那是最美最美的城中风景了。在石林似的新建筑群中被保留住的老树，即使瘦骨嶙峋，但它前俯后仰、曲曲弯弯的体态，展现了曲线之魅力，真是城中珍异。直线统治的城市呼唤曲线，美丽的人生曲线！

（1998年）

扑朔迷离意境美

我带小孙孙上街，他要买一把大刀，木制的，买了，一路耍弄，耀武扬威，得意非凡。快到家时，路边蜻蜓乱飞，他挥刀斩蜻蜓，累出一身汗，但一只也劈不着，几乎要哭了。我在路边树丛中仔细寻找，发现偶有停息在叶端的蜻蜓，轻手轻脚，不费劲捏住了蜻蜓的翅翼，小孙孙破涕为笑，连大刀也不要了。每到公园，他总要捡根枯枝作长枪，似乎总有他要追逐打击的对象，但水里的鱼儿不怕他打，他慢慢观察人家钓鱼，又闹着要买鱼钩了。

中学时代，我爱好文学，莫泊桑的出人意料的情节、古典诗词的优美韵律、鲁迅杂文的凝练深刻……都曾使我陶醉，但未有机缘专学文学，倒投身绘画了。每当我用丹青追捕客观世界之美，有时得意，有时丧气，丧气时就仿佛小孙孙用大刀劈不着蜻蜓，怨刀无用。文学

五百里滇池
奔来眼底

与绘画是知心朋友吧，谈情说爱时心心相印，但彼此性格不同，生活习惯大异，做不得柴米夫妻，同住一室是要吵架的。

立足于文学的构思，只借助绘画的技法手段来阐说其构思，这样的绘画作品往往是不成功的，被讥为文学的或文学性绘画，因未能充分发挥绘画自身的魅力。虽然人的美感很难作孤立的分析，但视觉美与听觉美毕竟有很大的独立性，绘画和音乐不隶属于文学。“孤松矮屋板桥西”“十亩桑阴接稻畦”“桃花流水鳜鱼肥”……许多佳句寓形象美于语言美，诗中有画，脍炙人口，但仔细分析，其中主要还是偏文学的意境美。如从绘画的角度来看，连片的桑园接稻田可能很单调；孤松、矮屋与板桥间的形象结构是否美还需具体环境具体分析；桃花流水的画面有时抒情，有时腻人，通俗与庸俗之间时乖千里，时决一绳，文学修养不等于审美眼力。

旅游文学涉及风俗、人情、史迹、地理、地质、宗教及科技等多方面的挖掘与开拓，文章的道路广阔，但其间写景确也是一个重要部分。触景抒情主要靠的是文学的吸引力，如用文字一味描写景色，往往不易成功，正犹如用木刀斩蜻蜓或枯枝击游鱼！各地旅游的讲解员除作导游介绍外还该讲什么呢？“美”确乎很难讲，于是拉扯些故事、传说或笑话。山崖上、溶洞中别致的抽象性形象美便总被戴上多余的面具：猪八戒背亲、吕洞宾理鞋、三姐妹……没听清故事或看不真猪八戒的游人还真着急，似乎白来一趟了。当我读游记文章，总感到这些风马牛的故事搭配没意思。我也不爱读那些不厌其烦地用了许多形容词的写景段落，强迫语词来表达视觉美感，弄巧成拙，甚至只暴露了作者审美观的平庸。丹青写景都忌描摹的烦琐，文学写景似乎更宜用概括手法发挥景中之美感因素，我国传统绘画中重写意、大写意，这是绘画的特色与精华，这个“意”的表达，倒更是文学之所长吧！

你要我画下客观景象的面貌吗？可以的，并可保证画得像，而且还并不太吃力。但“像”不一定“美”。要抓住对象的美，表现那倏忽即逝的美感，很困难，极费劲，我漫山遍野地跑，鹰似的翱翔窥视，呕尽心血地思索，就是为了捕获美感。那么多画家画过桂林，已有那么多精彩的桂林摄影，人们头脑里都早已熟悉桂林了，但作家、画家、摄影师仍将世世代代不断地表现桂林的美感，见仁见智，作者个人的敏感永远在更新，青罗带与碧玉簪不会是绝唱。犹如猎人，我经常入深山老林，走江湖，猎取美感。美感就像白骨精一般幻变无穷，我寻找各样捕获的方法和工具，她入湖变了游鱼，我撒网；她仿效白鹭冲霄，我射箭；她伪装成一堆顽石，我绕石观察又观察……往往我用尽了绘事的十八般武艺依然抓不到她的踪影。每遇这种情况，夜静深思，明悟不宜以丹青来诱捕，而力求剥其画皮，用语言扣其心弦，应针对的是文学美而不是绘画美。我每次外出写生，总是白天作画，夜间才偶或写文，有人说诗是文之余，我的文是画之余，是画之补，是画道穷时的美感变种。

绘画和文学都各有其意境美，但其境界并不相同。就说朦胧吧，印象派绘画画面的形象朦胧美与文学意境的朦胧含蓄不是同一性质的美感。识别文学与绘画扑朔迷离的意境美是写游记的基础，也同时体现作者的修养与偏爱吧！20世纪60年代初，一位海外知心的老同窗写信告诉我，说他看到了我的一套海南岛风光小画片，认为那只是风光，是旅行写生，是游记。他的批评给了我极深刻的印象。数十年来我天南地北到处写生，吃尽苦头，就不甘心只作游记式的作品。“游记式”成了我心目中的贬词，是客观记录的同义语吧，我追求表达内心的感受与意境，画与文都只是表达这种感受与意境的不同手段。我画得多，写得少。作为专业画家，不得不大量画，有情时奋力画，无情时努力练，不少作品缺乏深刻的感受。正因不是作家，没有写作任务，写不出的时候绝不硬写，但来约稿写文的居然也愈来愈多，真怕写言之无物的文章，自己就不喜欢导游的讲解，怎愿写令人生厌的乏味游记呢！

（1998年）

三方净土转轮来：灰、白、黑

青年时代，崇强烈：马蒂斯的色、凡·高的热，求之不得。20世纪50年代回到祖国，不愿学舌，不学西洋人的舌，也不学自家人的舌，哪怕你是皇亲国戚。于是孤独，寂寞，茫茫！孤独者岂无钟情，爱我乡土。江南多春荫，色素淡，平林漠漠，小桥流水人家，一派浅灰色调。苏联专家说江南不适宜作油画。我自己的油画从江南的灰调起步，游子眼底，故乡浸透着明亮的银灰。艺途中跋涉了长长的灰色时期，也许人生总是灰暗苦涩，也许摸透灰调非数十年不入门。

不知不觉，有意无意，由灰调进入白色时期。依依恋情：白墙、雪峰、羊群、云海、海底浪花。白，白得虚无……白色的孝服，哭坟的寡妇扣人心弦，但画不得。“若要俏，常戴三分孝”，民间的审美观令人赞叹。在宣纸厂看造纸，一大张湿漉漉的素纸拓上墙面烘干，渐渐转化成一大幅净白的画面，真是最美最美的图画，一尘不染。此时我渴望奋力泼上一块乌黑乌黑的浓墨，则石破天惊，艺术效应必达于极点。世界上新潮展览层出不穷，如代表中国新潮参展，我希望展出一方素白的无光宣纸与一块墨黑的光亮漆板。

行年七十后，我终于跌入、投入了黑色时期。银灰或素白，谦逊而退让，与人民大众的审美观矛盾不大。求同存异，我之选择银亮与素净也许潜伏着探求与父老乡亲们相通语言的愿望，属于“风筝不断线”范畴内的努力吧！意识形态在变异，五十年换了人间，中国人民心眼渐开，审美观不断提高，我先前担心他们能否接受抽象的考虑已是迂腐之见了。任性抒写胸怀吧，人们的口味已进入多种多样的高品位，信任他们的品评吧！我爱黑，强劲的黑，黑得强劲，经历了批黑画的遭遇，丝毫也割不断对黑之恋。黑被象征死亡，作丧事的标志，正因这是视觉刺激之顶点。当我从具象趋向抽象时，似乎与从斑斓彩色进入黑白交错是同步的。

暮年，人间的诱惑、顾虑统统消退了，青年时代的赤裸与狂妄倒又复苏了。吐露真诚的心声，是莫大的慰藉，我感到佛的解脱。回头是岸，回头遥望，走过了三方净土：灰、白、黑。

（1998年）

魂寓何处——美术中的民族气息杂谈

“中国水墨画已没有前途”，这是我听到过的一些西方画家对中国画的看法。他们并非出于恶意，这观点却令我警惕。杞人忧天，我本来也一向感到陈陈相因、千篇一律的中国水墨画已日暮途穷，终将枯死于世界艺术的百花园中。中华民族几千年的辉煌绘画岂能断子绝孙，华夏子孙皆曰：绝不可能。周恩来赞美昆曲《十五贯》，说一个剧本救了一个剧种。今日需要，也必将有一批崭新面貌的水墨画来展拓传统，开辟新径。展拓与开辟包含着突破，突破陈旧，被突破的方面不可避免会感到痛楚。

“数典忘祖”“西方中心”等等忧虑出于维护民族特色的善良愿望、忠贞立场。潘天寿说过中、西画要拉开距离，本意是发挥民族特色，但也被人利用作为排斥西方，反对中、西结合，只求纯种的借口。吾爱吾师，吾更爱真理，潘老师自己艺术创作的体验涵盖不了民族艺术的整体发展，何况他本人的杰出成果恰恰与西方现代绘画的探索在某些层次上碰了面（见拙作《高山仰止》）。认为中国水墨画没有前途，当指其内涵之日益单调与形象之不断重复，而这样的画图正泛滥于国内国外。如今很多中青年画家正在努力丰富画面的内涵与形式，宣纸上的用武之地果真比不上油布领域宽阔？我自己的体会是既不服气，也确有隐忧，我们面临着不革新便衰亡的抉择。

写生的过程是从恋爱到结婚的整体过程。不再写生了，只凭照片嫁接，甚至只是照片的抄袭，这类似没有恋爱过程的婚姻，这样的婚姻今日比比皆是。中西结合属异国婚姻，其美满者亦必缘于爱情。无爱的婚姻有诸多目的，各样目的也都渗入了艺术制作中。20世纪二三十年代时有的画家对洋人显示其中国画，对国人又炫耀其油画，欺蒙观众的无知。今天大量的中国人用油彩和画布作画了，中国绝不可能成为西洋艺术的殖民地；西洋人也不乏试用宣纸、毛笔之类的中国传统工具作画，他们绝非想当我们祖先的孝子贤孙。作画材料和技法非专利，谁也无权霸占，艺术的民族特色又在何处显示、隐藏、潜伏？

我童年觉得洋人都很丑，后来能区分洋人中大有美丑之别，美丑呈现在个体中，正如我们中国人自己也大有美丑之差异。艺术作品的美丑只能从每件作品自身来剖析，难于以整个民族或地区来概括。民族的、地区的特色显然是由于长期历史的、地理的局限等等生活环境所形成。德拉克洛瓦画的《但丁之舟》是西洋画，如果我们用他那手法表现了汨罗江上的屈原，该如何区别其民族性呢？郎世宁的翎毛、走兽，李毅士的《长恨歌》，这类作品都凭采用中国题材赋予中国风貌，而从其造型艺术本身的语言分析，却全无新意，而且也算不上高水平的西洋画技巧，但他们尝试了中、西结合的可能性、必然性。达·芬奇的素描山水与黄公望的《富春山居图卷》颇为相似；波提切利的作品突出线造型、平面感、衣带飘摇感，大异于拉斐尔、提香等浑圆丰厚的立体氛围，独具东方情致。尤脱利罗的作品中可感到冷冷清清凄凄惨惨，以及“小楼一夜听春雨，深巷明朝卖杏花”的中国诗情，加之他表现手法中强调平面分割的对照及线之效果，我最早喜爱其作品也许缘于吻合了我的中国品位，而中国传统的或民间的绘画中也同样可发现西方所探索的因素。近代除潘天寿外，虚谷作品中的几何构成及点、线、团块间的对照与联系也与西方现代绘画的形式感异曲同工。我有一次在印度尼西亚看到一个硕大无朋的胖妇人，那是马约尔与毕加索等所追求的量感美典型，我也觉得是发挥量感美极好的对象，回来为之作了一幅油画。一见此画中肥婆，友人都感到惊异，我说我画的是洋阿福，于是友人们立即回复了平常心态。无锡的胖阿福已被多少代中国人欣赏，洋人也会对之青睐。

我一向着眼于中、西方审美之共性。我爱传统绘画之美，并曾大量临摹，深切地爱过，仍爱着。我也真正爱西方绘画之美，东也爱，西也爱，爱不专一，实缘真情，非水性杨花也。正相反，倒是人们如何会只爱东方或只崇西方呢？审美中也有大量的偏食者！我们的民族近代长期受侵略，遭歧视，自卑激发了自尊。我年轻时代留学异国，在被歧视的环境中我是带着敌情观念学习的，并深感我们民族几千年

的艺术成熟独立于世界艺坛而无愧。但也正由于学习了西方之优，在比较中更认清自己民族的特色、不足和欠缺。我们民族传统之博大是由于历史悠久，积累深厚。积累者，不断吸收与创造之谓也，其对立面是孤陋寡闻。

20世纪60年代我用油画写生江南，白墙黑瓦、桃柳交错、春阴漠漠，绝非西方油画中的风物与情调了，我请李可染看，谅来当是知音，因他不久前到富春江等地用水墨写生的一批风景与我的油画写生具相似的追求。当时有人批评他，不认他的写生属传统中国画，当然更有人不认我的作品是正规油画，苏联专家先就认为江南风景不宜于作油画，苏联没有写出“杏花春雨江南”的诗人。有些中国画家定居在西方了，各有乡土情怀，或以西方技法表现中国题材，或以中国“气韵生动”的品位融入西方的抽象表现，或以民间工艺的审美观结合了西方现代的夸张与狂放……如果出于爱情的自然结合，诞生的混血儿多半留有某种或隐或现的胎记，慧眼人易于识别自己民族的印痕。“领异标新二月花”，在芸芸艺坛上扬名实非易事，于是为标新而装腔作势，故弄玄虚，焚香祈求老、庄、佛、禅……处处暴露无爱婚姻的无奈。“前卫”（avant garde）一词，本身无褒贬之意，其含义等同于创新，而其间真情探索与欺世盗名则不可同日而语。

绝无永远的纯种，周口店祖先的头骨留下了珍贵的文物，但已不是我们子孙的脸型，儿子未必像父亲，不必像父亲。遗传基因是科学家的课题，艺术中的遗传基因更为隐蔽，她往往只体现在感受中。即使面貌不像了，也许基因却呈现在脉搏里，脉搏里有节奏，或者节奏寄寓于脉搏，说得玄乎点，有魂，魂寓何处？寓于历代文化的背景中，寓于各自的苦难与悲愤中，寓于扬眉吐气中……而材料将不是分类的标志，文房四宝将不是国画之唯一基石，传统的优秀笔墨已凝固在传统的品位中。在世界百花园中，奇花异草引人瞩目，奇花异草必有其独特的土壤与根源，顺藤摸瓜，最终能摸到其故国的、民族的因素。但如根本缺乏对艺术的纯正爱恋，一味标榜民族的特色，强加于人，以自尊掩饰自卑，只能掀起假花市场。

（1998年）

邂逅江湖——油画风景与中国山水画合影

我曾寄养于东、西两家，吃过东家的茶、饭，喝过西家的咖啡、红酒，今思昔，岂肯忘恩负义，先冷静比较两家的得失。

我开始接受的西洋画，从写生入手，观察入手，追求新颖手法，表现真情实感，鄙视程式化的固定技法。刻画人物是主要功课、学艺的必经之途，那是古希腊、罗马、文艺复兴以来的西方传统。历代审美观的递变与发展也都体现在人体表现的递变与发展中。看哪！提香与马蒂斯的人体无从同日而语，但均臻峰巅，各时期辉煌的业绩皆缘于革新精神。是人、是树、是花，在画家眼里都是造型对象，是体现形与色构成的原料或素材，因而很少只局限画风景、肖像或静物的画家，当然这里指的是近代情况。古代的风景画不是从写生中得来，是概念的图像，不感人，真正感人的风景画从印象派开始。

我临摹过大量中国山水画，临摹其程式，讲究所谓笔墨，画面效果永远局限于皴、擦、点、染的规范之内。听老师的话，也硬着头皮临四王山水，如果没有石涛、八大山人、石溪、弘仁等表露真性情的作品，我就不愿学中国山水画了。中国传统山水画以立幅为多，画面由下往上伸展以表现层峦叠嶂，并总结出构图的规律，曰：起、承、转、合。老师说以“起”为最难。“起”是前景，如何设计这第一步，要考虑到文章的全局组合。而这前景总离不开树、石，易于雷同。石涛冲出樊笼，往往突出中景，以最吸引视觉的生动形象组成画面的主体，可说都是写生的形象，是山水的肖像。他公开自己创作的经验与实质：搜尽奇峰打草稿。在油画风景写生中，构图时最难处理的也是前景。因透视现象，前景所占面积最大，但其形象却往往大而空，不如远景重叠多层次，形象丰富而多样。我发现这样一个规律：画面上面积愈大的部分，在整体效果中其作用愈大。因此，如引人入胜的是中景或远景，就要设法挪动占着大面积的前景，或反透视之道而压缩其面积，或移花接木另觅配偶。山水画的“起”由作者精心设计，在油画风景的前景中作者同样煞费心机。这是油画风景与水墨山水邂逅的第一个回合。通过这个回合，我不再局限于一个视点或一个地点写生一幅油画，而移动画架作组合写生，无视印象派的家规。

印象派属最忠实的写实主义，忠实于阴、晴、晨、暮的不同感受。据记载，莫奈画巨幅睡莲时，因要保持其视点不移位，地面挖了沟可让画幅下降入沟以便于挥写画面上部。也重视外师造化的中国山水画家对此当大不以为然，他们行万里路是为了开辟胸中丘壑。偏爱写家乡小景的倪云林，其竹、石、茅亭，疏疏淡淡，则是通向文学意境的小桥流水。

世界是彩色的，印象派再现了彩色世界的斑斓，在流派纷呈的今日艺坛，获得全世界最多观众的恐怕还是印象派作品。印象派认为黑与白不是色彩，由于阳光的作用不可能存在纯黑与纯白。中国山水画主要依靠黑与白，以黑白创造世界，是墨镜中看到的世界。最早的照相是黑白的，彩色世界摄入了黑白照片，人们惊叹其真实。经过了彩色摄影阶段，不少高明的摄影师仍偏爱用黑白。黑白，倒表现了彩色现象的本质。油画风景与水墨山水在彩色与黑白间遭遇了又一个回合。

王国维说，一切写景皆是写情。这适合于油画风景和水墨山水两方面作座右铭。塞尚的风景刀劈斧凿，用色彩建筑坚实的形象，铿锵有声；尤脱利罗利用疏密相间的手法表现哀艳的巴黎，冷冷清清凄凄惨惨戚戚，具东方诗词的情调；凡·高的风景地动山摇，强烈的感情震撼了宇宙，鬼哭狼嚎。黄宾虹说西方最上乘的作品只相当于我们的能品，他那一代画家大都对西方绘画一无所知，缘于民族的悲哀。中国优秀的山水画无不重情，但偏向的是文学之情意。自从苏东坡评说王维画中有诗，诗中有画后，诗画间的内在因缘日渐被庸俗化为诗画的互相替代，阻塞了绘画向造型方面的独立展拓。西方是反对绘画隶属于文学的，“文学性绘画”（Peinture，Litteraire）是贬词。我从诗画之乡走出去，对此特别警惕，切忌以文学削弱绘画。这是油画风景与中国山水画遭遇的又一个回合。

情的载体是画面，画面的效果离不开技，没有技，空口说白话。

特定的技巧，诞生于特定的创作需要。如不甘心于重复老调，技法永远在更新。黏糊糊的油彩如何表达线的奔放缠绵，她拖泥带水，追不上水墨画及书法的纵横驰骋，她如何利用自身的条件来引进流动的线之表情？水墨画像写字一样，长缨在手，挥毫自如，却也手法有限，对繁花似锦、变化多端的现实世界往往束手无策。因此，懒惰的办法是各自在家吃祖上的老本。但年青一代不甘寂寞，他们闯出家门，闯入世界，油画风景和水墨山水两家的家底被他们翻出来示众了。在西方学习了绘画中的结构规律、平面分割的法则，回头再看自己祖先的杰作，我惊讶地发现：范宽的《谿山行旅图》立足于“方”的基本构成，其效果端庄而厚重；郭熙的《早春图》以“弧”为主调，从树木干枝到群山体态，均一统在曲线的颂歌中，构成恢宏的春之曲；弘仁着墨无多，全凭平面分割之独特手法，表现大自然的宽阔与开合……我曾将中、西方杰出的绘画作品比作哑巴夫妻，虽语言有阻，却深深相爱。若真能达到艺术的至境，油画风景和水墨山水其实是嫡亲姊妹，均系大自然的嫡传。如果说不同的生活习惯和历史背景是中、西文化比较中的复杂课题，则邂逅于同一大自然之前，江河湖海之前，风景画和山水画当一见如故，易于心心相印。中国油画学会倡导举办油画风景和中国山水画的联展，选这个最佳切入口来深入比较中、西画的得失，必将大大推动绘画的民族性与世界性问题的探讨，影响深远。

地球在“缩小”，文化在交融，没有必要，也没有可能固执自己的“纯种”传统，何况传统其实是一连串杂种的继续与发展。印象派认为黑与白不是色彩的论点早被抛弃了，黑、白往往也成了油画的宠儿。莫奈那样固守同一视点的写生方法也只是历史的故事。中国山水画没有西方写生的框框，往往自诩为散点透视，生造“散点透视”这个名称无妨，但实质是臣服于“透视”威望的心态。西方风景从描摹客观物象进入写情、写意，就逐步接近山水画的创作心态，但这绝不意味着他们追上来，我们比他们高明。我们必须深刻认识到山水画在表现手法中的贫乏，面对繁荣、多样、色彩缤纷的现实世界，只靠传统现成的手法来反映人们感受的时代性，必然是一筹莫展。

视觉艺术只靠造型效果，形式美永远是绘画的主要语言、唯一语言，于是大批绘画成了只是形式的游戏，甚至是丑的游戏，形式中的美与丑有点混淆不清了。美感既是可感知的，必具备感情内涵，作者的欢乐、抑郁、孤独、愤世嫉俗的心态必然流露在作品中。在油画风景或中国山水画中都可识别其画中诗、画中情，只是在油画中作者大都专注于美感创造，而山水作者不少是文人，有意寓诗情于画意，所以蔡元培归纳说西洋画近建筑，中国画近文学。我上面提到警惕文学性绘画有损绘画的独立造型美。近几年在世界范围内看多了大量无情无义任性泼洒发泄或不知所云描头画脚的油画，感到很乏味，令人怀念被抛弃或遗忘了的文化底蕴。绘画首先是文化，人看风景，人看山水，各人的视角千变万化，其深层的原因是文化差异。

高居翰先生是研究中国绘画的专家，他看到美国大都会博物馆展出的中国画，整体效果很弱，与西方油画比，吸引不了观众，他站在维护中国画的立场上，感到很怅然。确乎，中国传统绘画除极少数杰作外，挂上墙后显得散漫无力，而表现大自然的山水画却应远看，不只是平铺在案上让人细读细寻去作画中之游。中国画论中虽说“近山取其质，远山取其势”，但当其质其势千篇一律时，画面也就失去了魅力。所以有些西方评论认为中国水墨画已没前途，我不认为这是恶意的当头棒，倒促使我们清醒：我们面临着彻底改革的历史时代。周恩来赞美昆曲《十五贯》，说一个剧本救了一个剧种。我相信今日中国将出现一批有实力的大胆作者和崭新作品来挽救古老而日见衰败的中国画。

在大自然前油画风景和中国山水画一律平等，这里是起跑点，比赛着跑吧，并不划分跑道，路是共有的，路线由各人自由选择，人们只注视谁家的旗帜插上了高峰，关于这旗帜来自东方或西方，则不是问题的关键。

（1998年）

风格

风格是作者的背影，自己看不见。

黄山以松为眼目，这些瘦骨嶙峋的松，虬曲多姿，是自幼饿成了这般模样，因长在石隙中，靠些许泥土活命，是生命的挣扎绘就了画家和摄影师们的杰作，显示了独特的风格。颐和园后山的许多松粗壮硕大，有的直直地冲向云霄，沃土培育了躯体的丰盈与姿势的舒坦。艺术的成长有如松柏，作者的心路历程决定作品的定位。园林里，技工将盆栽的松弯曲变形，仿虬松姿势，制造假风格。满足于欣赏假风格的观众还是不少。至于艺术创作者，不少人想一夜成名，缘此，制造、标榜风格者比比皆是。

人爱美，美人难得，“御宇多年求不得”，但杨贵妃真的美吗，我不敢相信李隆基的审美品位。白居易也未见过杨玉环，又无相片，他说“六宫粉黛无颜色”只是文学的夸张。今天的审美标准向明星倾斜，许多年轻女性去动手术做人造美女，追逐明星们的外貌。有一对夫妇因女方沉湎于做美女手术而离婚了。女的本来并不丑，却一次次，从脸、胸、腹到臀部不断地改造，花掉了家庭的所有积蓄。离婚的原因不仅仅由于钱，夫君说：同一个处处是人造的女人睡在同床，实在难以承受。我住的小区里，常见一位五十多岁的妇女，头发黑中间白，黑白交错，呈深灰色，具沧桑感，很美。但有一天见她的头发全染成了乌黑乌黑，像戴了一顶过于浓黑的帽，不协调，丑了！我并非有意反对染发及适度的整容，只是看到美丑不辨，美盲要比文盲多，不无怅然。人之美，外貌与内在素质不可分，美，体现于风格。

古典派与浪漫派之形成，有其时代背景，在艺术观念与表现手法上，彼此相异，且敌对，完全属两类风格。而各类风格中却淡化了个人风格。印象派和立体派，都源于发现了新视觉，形成新观念，于是创造了全新的绘画样式。因各派中的成员彼此所见略同，画面效果大致接近，各自的风格也就被笼罩在“派”的风格面貌中。印象派画家除个别人外，当时都很穷，并无拉帮结派之初衷，更何况，画根本卖不掉，“印象主义”是被嘲笑的贬词。这些画家确是一群醉心于绘画创造的善男信女。

随着时代的进展，人们更重视个性、个人风格，“派”已退隐于历史的深处。其实，许多派，或以地域为划分，如威尼斯派、佛罗伦萨派、巴比松派，中国的南宗、北派、吴派、浙派，或以其地位识别的，如学院派、在野派，等等，大都系后人为之归纳的。当某派辉煌

爛漫山花
寿比南山
一九八七
吴冠中

时，自然不少人投其麾下，沾其光。因之，当单独力量掀不起波涛，也便有合力相聚，人造出一种标志式的“派”来张扬，以便打开一条生路。要生存，为生存而发展，无可厚非，只是，既要以派标榜，则个人风格便受到制约，矛盾了。

人重人品，首先须真诚。艺术作品的价值寓于真情实感。创作出真正有价值的作品固然须具备才华、功力、经历、素养等等诸多因素，但其出发点，必然是真情。具备这些复杂而艰难条件的作者不多，故真正杰出的作品稀有，古、今、中、外，均不例外。正如外貌之美丑联系着内在的品位，风格之诞生缘于情感之赤诚。虚情假意与装腔作势，绝对伪造不出风格来。

中国国家大剧院的设计者安德鲁说：“艺术创造不是追寻源头，而是探索未知。”我很同意他这一观点，毕加索也说：“创作时如同从高处往下跳，头先着地或脚先着地，事先并无把握。”所以自己无从事先设计自己的风格。

风格是作者的背影，自己看不见。

（2004年）

比翼连理——探听艺术与科学的呼应

科学揭示宇宙物质之一切奥秘，艺术揭示情感的深层奥秘。揭秘工作，其艰苦、欢乐当相似。

我中学时代在浙江大学高工学电机科，后改行学艺，觉得拐了一百八十度的弯，从此分道扬镳，与科学永不相干了。近几年听李政道教授多次谈论科学与艺术的相互影响，促使我反思在艺术实践中的甘苦，感情的甘苦，而这些甘苦正是剖析艺术中科学性的原始资料。有关这方面的探索和感受，我曾发表过一些短文，引起不少争议，在此我将之归纳为三个方面的问题，求教于科学家和艺术家。

一、错觉

法国浪漫派大师热里科（Gericault，1791—1824）的《赛马》早已成为世界名画，人们赞扬那奔腾的马的英姿。然而照相发达后，摄影师拍摄了奔跑的马的连续镜头，发现热里科的奔跑的马的姿势不符合真实。画家笔底的马的两条前腿合力冲向前方或一同缩回，而拍摄出来的真实情况却是一伸一缩的。画家错了，但其作品予人的感受之魅力并不因此而消失。当看到桂林山水重重叠叠，其倒影连绵不绝，我淹没在山与影联袂挥写的线之波浪中了。拿出相机连续拍摄数十张，冲洗出来，张张一目了然，却都只记录了有限的山石与倒影，或近大远小的乏味图像，比之我的感受中的迷人胜影，可说面目全非了。我所见的前山后山、近山远山、山高山低，彼此间俯仰招呼，秋波往返，早就超越了透视学的规律。往往，小小远山，其体形神态分外活跃，它毫不谦逊地奔向眼前来，而近处傻乎乎的山石不得不让步。这“活跃”，这“让步”，显然是作者眼里、作者情怀中的活跃与让步，于是不同作者的所见及其不同的情怀营造了不同的画面。绘画与摄影分道扬镳了。其后，摄影也进入了艺术领域，作者竭力将主观意识输入机器，命令机器，虐待机器，机器成了作者的奴才。也可以说，摄影师想引诱机器出错觉。

画家写生时的激情往往由错觉引发，同时，也由于敏感与激情才引发错觉。并非人人都放任错觉，有人所见，一是一，十是十，同照相机镜头反映的真实感很接近，而与艺术的升华无缘。从艺六十余年，写生六十余年，我深深感到“错觉”是绘画之母，“错觉”唤醒了作者的情窦，透露了作者品位的倾向及其素质，儿童画的动人之处正是淋漓尽致地表达了天真的直觉感知。直觉包含了错觉。所谓视而不见，因一味着眼于自己偏爱的形象，陶醉了，便不及其余。“情人眼里出西施”“六宫粉黛无颜色”，别人看来是带偏见，但艺术中的偏见与偏爱，却是创作的酒曲。陈老莲的人物倔傲、周昉的侍女丰满、杰克梅第骨瘦如柴的结构、莫迪利亚尼倾斜脖子的感人韵致……统统都是作者的自我感受，源于直觉中的错觉。

据说现在学画的年轻人大多不爱写生了，方便的照相机替代了写生的艰苦。我欣羡时代的前进，也用相机辅助过写生，但在拍回的一大堆照片素材中，往往选不出有用的资料，甚至全部作废，反不如寥寥数笔的速写对创作有助。因高质量的速写之诞生是通过了错觉、综合、扬弃等等创作历程，其实已是作品的胚胎了。我期望绘画工作者仍用大量工夫写生，只有身处大自然中，才能发生千变万化的错觉，面对已定型的照片，感受已很少回旋余地。错觉，是被感情驱使而呈现之真形，是艺术之神灵。但别忘了打假，由于缺乏基本功，根本掌握不准形象，自诩变形，错觉被利用作伪劣假冒的幌子。

“对称”被公认为是美的一种因素，我国传统艺术处理中更大量运用对称手法。但对称中却隐藏着错觉，即对称而并非绝对对称才能体现美。弘仁（1610—1664）一幅名作山水基本运用了几何对称手法，李政道教授将这幅作品劈为左右各半，将右半边的正、反面合拼成一幅镜像组合，这回绝对地对称了，但证实这样便失去了艺术魅力。李政道教授大概是揭开了科学中对称含不对称的秘密而联系到艺术中的共性原理。

错觉的科学性，应是艺术中感情的科学因素。

二、艺与技

石涛（1642—约1708）十分重视自己的感受，竭力主张每次依据不同的感受创造相适应的绘画技法，这就是他所谓“一画之法”的基本观点。别人批评他的画没有古人笔墨，他拒绝将古人的须眉长到自己的脸面上，凡主张创新的人们都引用他的名言：笔墨当随时代。他珍视艺术的整体效果，画面的局部绝对服从全局的需求，他大胆用拖泥带水皴、邋遢透明点，有意将自己的作品命名为《万点恶墨图》。艺术规律没有国界，不分古今，只是人们认识规律有早晚，有过程，有深浅。威尼斯画家委罗内塞（Veronese）以色彩绚丽闻名，有一次面对着雨后泥泞的人行道，他说：我可以用这泥土色调表现一个金发少女。他阐明了一个真理：绘画中色彩之美诞生于色与色的相互关系中。某一块色彩孤立看，也许是脏的，但它被组建在一幅杰作中时，则任何艳丽的色彩都无法替代其功能。同样，点、线、面、笔墨、笔触等等技法优劣的标准，都不能脱离具体作品来做孤立的品评。缘此，多年前我写过一篇短文《笔墨等于零》，强调脱离了具体画面的孤立的笔墨，其价值等于零。

笔墨、宣纸或绢、国画颜料，其材质具独特的优点，同时有极大的局限，难以铺覆巨大面积。我自己长期探索用点、线、面、黑、白、灰及红、黄、绿有限数种元素来构成千变万化的画面，展拓画幅，在点、线的疏密组合中体现空间效应。我有不少作品题名“春如线”“点线迎春”，都源于想凭这些有限元素的错综组合来抒写无限情怀。不意，物理学中复杂性对简单性正是一个新课题，自然中许多极复杂的现象却由最简单的因素构成。就因那次复杂性对简单性的国际学术研讨会，李政道教授选了我这方面的一幅作品用作招贴画，令我听到科学与艺术之间的呼应。

最近在清华大学生物研究所看微观世界，那些细菌、病毒、蛋白质等各类原始生命状貌被放大后映在屏幕上，千姿百态，繁杂而具结构规律，仿佛是出人意料的现代抽象艺术大展，大多很美，远胜于装腔作势的蹩脚美展。讲解的生物学教授们也感到很美，他们发现了深藏于科学内核的艺术世界，引起他们捕捉、分析科学中艺术身影的欲望。看完细菌、病毒等形，大家有同感：美诞生于生命，诞生于生长，诞生于运动，诞生于发展。舞蹈和体育之美主要体现在运动中。艺术创作之激情就因身心都已处于运动之中。“醉后挥毫”早就是中国传统中的经验之谈，激情中创作的作品必然铭记了作者心跳的烙印，所以从笔触、笔墨之中能够按到作者的脉搏，从其人的书法或绘画中可感受到此人的品位，这躲不过心电图的测试。

我们看到的病毒包括癌症、艾滋病等诸多恶症，单看它们活跃之美，并不能认识其恶毒的本质。真、善、美是人类社会的理想，我们为之提倡，但实际上，这三位一体的典型并不多，美的并不一定是善的，剧恶的艳花岂止罂粟，这当是美学家和社会学家们的课题了。

新的艺术情思催生出新的艺术样式、新的艺术技法。但材质、科技等等的迅速发展却又启示了新的艺术技法，甚至促进了艺术大革新，这个严酷的现实冲击不是死抱着祖宗的家传秘方者们所能抵挡的。技、艺之间，相互促进，但此艺此技必然是随着时代的发展而发展的。

我写过一篇短文《夕阳与晨曦》，谈到夕阳与晨曦的氛围易混淆，然而人生的晨曦与夕阳却是那么分明，会有人错认青春与迟暮吗？由这感受我作了一幅画，画面乌黑的天空中有月亮的各种身影：满月、月半、月如钩——想暗示时间流逝之轨迹。处处闪烁着星星，但画面最下边却显露出半轮红日，谁也无法确认它是夕阳或晨曦。李政道教授见此画后，谈到屈原在《天问》中已发现地球是圆的，这促使我将此画改作成《天问》，以参加艺术与科学国际作品展，自己并写了画外话：

> 月亮擅变脸，多姿多态。千里共婵娟，千里外的月亮倒都是同一面貌。夕阳矣晨曦，今天的晨曦本是昨天的夕阳，原来只有一个太阳。夜郎自大，我们先以为太阳绕着地球转，其实地球一向绕着太阳转。
>
> 李政道教授发现屈原在《天问》中已感知地球是圆的，椭圆的。屈原推理：九天之际，安放安属？隅隈多有，谁知其数——就是说假定天空的形状是半球，若地是平的，天地交接处必将充满奇怪的边边角角。因此，地和天必不能互相交接，两者必须都是圆的，天像蛋壳，地像蛋黄（其间没有蛋白），各自都能独立地转动，这天地的转动间当构成无尽美妙的图画。

三、诗画恩怨

“大漠孤烟直”，表现大漠空无所有，只需一线横跨画面；无风，孤烟上升，形成一道纵直线。“长河落日圆”，长河是一道弯弯的长曲线，落日是一个圆圈。王维这两句诗书写大漠的苍茫、浩瀚且华丽，发挥了形式美中直与曲的对照魅力。苏东坡品味出王维的诗中画和画中诗，但王维的画上却从不题诗，诗不是画的注脚，画不是诗的插图。后世在画面上直接题诗了，所谓诗画相得益彰，但，从何处相得？她们难得彼此知己，相逢对饮千杯少？遗憾多数情况却是同床异梦，话不投机半句多。画上题诗绝不等于画中有诗，甚至是诗画相悖，媒妁婚姻，彼此缺乏了解，谈不上水乳交融的爱情。贾岛以苦吟闻名，他的诗中潜藏着形式美感，他之苦吟也许苦于极难找到诗与画的交汇点。他的推敲之苦成了后人钻研艺术的一盏明灯。“鸟宿池边树”，鸟宿，是收缩的形象，近似一个圆圈；“僧推月下门”，推开门是一道线状的展开，展开的线状与收缩的圈状是形象对比，是绘画之美。“僧敲月下门”，敲门出声响，则联想到鸟宿悄无声，是动与静的对照，属音乐之美的范畴了。故推之敲之的问题是采用绘画美还是音乐美的选择，贾岛自己当时也许并未意识到这种区别，因而为之彷徨、推敲。

诗、书、画三绝是传统中追求的目标，三绝结合在同一幅画中更属综合型的艺术珍品，但这样的珍品实属凤毛麟角。其反面，倒是画上乱题诗，诗情非画意，或误导了画境。画面题跋中也是精辟之论不多，废话不少。绘画是分割和利用平面的科学，画中任何一块面积都价值连城，不可轻易浪费。马蒂斯说画面上没有可有可无的部分，如不起积极作用，必起破坏作用。故传统绘画中的空白部分亦系整体构成中的组成因素，所谓计白当黑。如果要题诗，这诗和题诗的面积都早设计在整体布局中，而习惯性地为补白而题诗、题款，都源于画面已铸成缺陷。

不依赖文字的阐释，造型本身的诗和意境如何表达，这是美术家的专业，这个专业里的科学性须待更深的挖掘。德国的莱辛（Lessing，1729—1781）通过对雕刻《拉奥孔》和诗歌《拉奥孔》的比较，明确前者属空间构成，后者系时间节律。我感到这亦是对画与诗血淋淋的解剖。

四、结语

人类生活在科学与艺术中，这两者的关系本来是和谐一体的，典型的例子是达·芬奇。徐霞客是文学家？科学家？都是。隋代李春建造的赵州桥是科学创举，更是艺术杰作。梁思成先生讲中国建筑史时，曾猜测河底里可能还有另一半拱形建筑，与水上的拱形合成一个“鸡蛋”，因而这个椭圆结构特别坚固。梁先生的这一思考本身就十分引人入胜。据科学家们说，当他们掌握大量客观素材后，往往会突然觉察其间的特殊规律，一朝明悟，因而发现新的科学论据，这情况正如艺术家一时灵感的喷发，其实都源于长期积累，一朝呈现，证明了真理的普遍性。

不知从什么时候起，艺术与科学逐步远离、对峙，尤其在中国，两者间几乎井水不犯河水，老死不相往来。错了，变了，新世纪的门前科学和艺术将发现谁也离不开谁。印象派在美术史上创造了划时代的辉煌业绩，正缘于发现了色彩中的科学性，塞尚奠定了近代造型艺术的基石，当获益于几何学的普及。模仿不是创造，而创造离不开科学，其实创造本身便属于科学范畴。中国几百年来科学落后，影响到艺术停滞不前，甚至不进则退。传统画家中像石涛、八大山人、虚谷等，才华和悟性极高，但缺乏社会生活中的科学温床，其创造性未能获得更翻天覆地的发挥。这次艺术与科学的国际作品展及研讨会是盛大的联姻佳节，新生代将远比父母辈更壮健，智商更上层楼。

（2004年）

美话人生

秋色

“霜叶红于二月花”，人们都爱看秋色，北京的香山、南京的栖霞山、长沙的岳麓山、苏州的天平山……祖国各地，犹如世界各地，总有闻名或不闻名的供人们欣赏的秋景。

提起秋色，脑子里首先浮现出红树、黄叶、蓝天、白云……画家和摄影师们不辞辛劳跋涉，竭力想表达那瑰丽绚烂的壮观和胜似春光的诗境。然而事情并不如此简单，有勇无谋的猛扑未必能捕捉住大自然的美感。我们经常见到描写秋色的大量照片和图画，火辣辣的成堆的红黄色，或红黄蓝绿杂色成群，像刺耳的噪音，毫无美感。我自己，就一次一次遭到这种失败的教训，直到如今。痛定思痛，想分析解剖秋色美的组成条件，感到至少有三个方面：色、形与情。

先谈色。本来绿树成荫，忽然变成满目红浪，乍看新鲜，有些奇，其实不过绿外套换了红外套，说不上谁比谁更美。秋色迷人，主要由于色彩的斑斓，往往是出于不同色彩间明度与面积大小的对比。陆游诗“红树间疏黄”，寥寥五个字写出了浓酣的红色与星星点点的黄色之间“量”的对比美。此外，鲜明的红黄色之美感是依赖了灰调的衬托。观察苇塘秋色之美，那成片的金黄色苇叶之显得光辉，全靠疏密遍布的银色的朵朵芦花，及透明灰调的水中倒影的相映。否则，一味单调的黄色岂能逗人喜爱。一只灰色的野禽栖息在浓淡有致的黄叶林中（指一幅摄影作品），间以少量的红叶，组成了和谐的色调，其中有白斑的羽毛的成团灰色块与树枝粗细横斜的灰、黑线组成的合奏是剧中主演。秋，许多树叶枯萎或半枯萎了，透露出交错的干枝或背景山石，更由于远近层次等等因素，组成了变化丰富的中间色调，在这微妙的中间色调上，缀以胭脂、鲜黄、朱红、黛绿……这些色块色点便显得像珠宝一样珍贵。这个寻常的色彩道理是秋色美的奥秘，画家林风眠的《秋艳》就织黄红于浓郁的墨彩之中。

其次谈形。正由于树叶飘散，干枝逐渐显露，像脱去棉衣，显出了形体之美，宋人画寒林秋思，其形象主体是寒林。秋色迷人，勿因好色而神魂颠倒，画面的形体结构应始终是主导。人们喜欢早春。早春，新芽微吐，柳如烟，半遮半盖而不掩身段之多姿，景物重叠格外显得层次丰富。所以，从形式结构角度看，早春和晚秋之美异曲同工。

更重要的是情。王国维在《人间词话》中谈到一切写景都是写情。他谈的是文学，当然也适用于摄影，都是人情的表现。照相机是机器，它只能客观地反映景色，但它被有情人掌握，同样是被利用来表达作者的感受与感情的。我见过一张表现竹林里破土而出的一棵春笋的摄影作品，很喜爱。本期《中国摄影》发表的《霜叶红似火》等表现秋林的作品，意境与之有些近似，都明显地表达了作者的感受。还有上面提到的那幅林中野禽，画面中都有主角，有魂，不是满台演员的杂乱场景（非指画面人物不能多），也不是没有演员的空洞布景（与有无人物无关）。我们见得最多的还是那些近景、中景、远景搭配成套的画面，就像懒于走路的人在高山公路边远远一望所见的景色。昆虫、蝴蝶，它们在林中所见的景象千变万化，将照相机藏在它们的眼睛里所摄取的画面定是十分新颖的世界。入山秋游的人们，往往喜欢摘来一枝猩红的霜叶，透着阳光，细睹那叶脉，像是鲜血在通身血管里奔腾。我想在这一叶中表现强劲的秋色，当绝不同于“一叶知秋”的哀愁。

人们天天吃粮食，虽吃不厌，但也总喜欢经常换换新鲜口味，而对精神的粮食则更要求日新月异，对弹不完的老调是十分腻烦的。年年有春秋，年年写出有新意的春秋是我们文艺工作者满足人们要求的至高任务。

（1979年）

桥之美

“我走过的桥比你走过的路还长！”现在大概已很少人用这口吻教训后生小子了。人生一世自然都要经过无数的桥，除了造桥的工程人员外，恐怕要算画家们见的桥最多了，美术工作者大都喜欢桥，我每到一地总要寻桥。桥，它美！“小桥流水人家”，固然具诗境之美，其实更偏于绘画的形式美。人家、房屋，那是块面，流水，那是长线、曲线，线与块面间于是组成了对比美。桥，它与流水相交，丰富了形式变化，同时也是线与面之间的媒介，它是线、面间形式转变的桥！煞它风景，如果将江南水乡或威尼斯的石桥拆尽，虽然绿水依旧绕人家，但彻底摧毁了画家眼中的结构美，摧毁了形式美。

石拱桥自身的结构就很美。圆的桥洞、方的石块、弧的桥背，方圆之间相处得体、和谐，力学的规律往往与美感的规律合拍。不过我之爱桥，并非着重于将桥作为大件工艺品来欣赏，也并非着眼于自李春的赵州桥以来桥梁的发展，而是缘于桥在不同环境中多种多样的形式作用。茅盾故乡乌镇的小河两岸都是密密的芦苇，真是密不通风，每当其间显现一座石桥时，仿佛发闷的苇丛做了一次深呼吸，透了一口舒畅的气，那拱桥强劲的大弧线，或方桥单纯的直线，都恰好与芦苇丛构成了鲜明的对照美。早春天气，江南乡间石桥头细柳飘丝，那纤细的游丝拂着桥的坚硬的石块，即使碰不见晓风残月，也令画家销魂。湖水苍茫，水天一色，在一片单纯明亮的背景前突然出现一座长桥，匍匐在水面的长桥是卧龙，它有生命，且往往有几百上千年的年龄。人们珍视长桥之美。颐和园里仿造的卢沟桥只17孔，如坐小船沿苏杭间水乡的53孔的宝带桥缓缓看一遍，更会感到读了一篇史诗似的满足。在广西、云南、贵州等山区往往碰到风雨桥，桥面上盖成遮雨的廊和亭，那是古代山水画中点缀人物的理想位置。因桥下多半是急流，人们到此总要驻足欣赏飞瀑流泉，画家和摄影师们必然要在此展开一番搏斗。

张择端在《清明上河图》里将桥作为画卷的高潮，因桥上桥下，往返行人、各样船只，必然展现生动活泼的场面，两岸街头浓郁的生活情调也与桥相连而成浓缩的画图。矛盾的发展促成戏剧的高潮，形象的重叠和交错构成丰富的画面，桥往往担任了联系形象的重叠及交错的角色，难怪绘画和摄影作品中经常碰见桥。极目一片庄稼地，有些单调，小径尽头，忽然出现一座小桥，桥下小河里映着桥的倒影，倒影又往往被浮萍、杂草刺破。无论是木桥还是石桥，其身段的纵横与桥下水面文章总协同谱出形与色的乐曲，田野无声，画家们爱于无声处静听桥之歌唱，他们寻桥，仿佛孩子们寻找热闹。高山峡谷间，凭铁索桥、竹索桥交通。我画过西藏、西双版纳及四川等地不少索桥，人道索桥险，画家们眼里的索桥是一道线，一道富有弹性的线。一道孤立的线很难说有无生命力，是险峻的环境孕育了桥之生命，是山岩、树丛及急流的多种多样的线的衬托，使索桥获得了具独特生命力的线的效果。

长江大桥远看也是一道直线，直线是否不美？直线是否更符合新的审美观？不宜笼统地提问，不能笼统地答复，艺术形式处理中，往往是差之毫厘，失之千里。为了画长江大桥，我曾爬上南京狮子山，就是想寻找与那桥身的直线相衬托、呼应、引申的点、线、面吧。为了画钱塘江大桥，我两次爬到六和塔背后的山坡上，但总处理不好那庞大的六和塔与长长的桥的关系，因之构不成画面，虽然滨江多垂柳，满山开桃花，但脂粉颜色哪能左右结构之美呢！成昆路上，直线桥多，列车不断地过桥、进洞、出洞、过桥，几乎是桥连洞，洞连桥。每过环形的山谷，前瞻后顾，许多桥的直线时时划断陡坡，有时显得险而美，有时却险而不美，美与险并不是一回事。

摄影师和画家继续在探寻桥之美，大桥、小桥，各有其美。有人画鹊桥，喜鹊构成的桥不仅意义好，形式也自由，易生动活泼吧。形象中凡起了构成及联系之关键作用的，其实也就具备了桥之美！

（1984年）

野菊

草丛中，石隙间，小路边，野菊开得欢，是孤芳自赏吧，因不易引入留意，匆忙的人们没工夫看这些细碎小花。我们在农村劳动，在一色苍黄的泥土间耕作，偶见黄土里冒出一簇野花，虽是小小的花朵，色彩也并不夺目，但却感到灿若星星，亮如珠宝。道是无华却有华，我发现了钟情的题材。

但美丽的野花是分散的，东窜西爬，全不照顾画家写生的困难。我竭力选取较集中的浓郁团簇，照猫画虎，扩大其面积与威力，构成座山雕式的野菊王国。移来石块，既伴君王，又当护卫，更重要的任务是以其宽敞之面的单纯对照繁花之稠密。纤纤高高的细草交错了整个画面，加强了草莽家乡之本色。细草，坚劲而细长，油画笔对此无能为力，用尖刀刮出，既增添了层次，又赋予俏巧。

作完该幅画，读到王进家同学写的一首关于野菊的诗，感到诗与画之间有通感，便改了他的诗，作为这幅画的注脚：

野菊花

一朵朵，一簇簇，一片片，
亮晶晶，胜娇艳，青红黄白皆常见。
池畔、沟旁、大路边，
乐与杂草长相伴。
莫道瘦，根深叶茂总劲健，
不识施肥与浇灌。
展枝着花总随便，
都缘无修剪。

（1988年）

观瀑

我国传统山水画几乎每幅中都有瀑布，瀑布奔泻，一个老人携杖或背着手来观瀑，作者往往自题曰“观瀑图”。李可染也常画牧童骑牛观看瀑布，牧童的兴趣自然不同于老儒，但也观瀑。深暗的山石丛林间，白练飞来，那垂挂的或曲折奔流的白色游动之线成了画面最活跃的命脉，也正是这黑白对照、块线对照、动静对照的造型因素吸引了画家，启发了画意，但画面之成败主要依靠整体结构，单凭一线瀑布点缀救不了千千万万平庸的山水画。

深山幽静，静中取闹，游人喜翻山越岭去寻找奔流呼啸的瀑布，只要有瀑布，必名扬当地，人人皆知。我探寻过各式各样的瀑布，有名的和无名的，雁荡山大龙湫的瀑布落差大，惜水量不大；黄果树瀑布数我国第一大瀑布了，但在公路上就可一目了然，失去了魅力；九寨沟里瀑布多，且多变化，较易入画。公园里，甚至大宾馆里也布置假瀑布，哗哗流水予人身置山野之感。加拿大和美国交界处的尼亚加拉大瀑布横跨两国，其宽度属世界第一[①]。世界第一必成旅游胜地，酒楼商店林立，人们可以握着酒杯坐着或躺着观看浩浩荡荡的湖水之跌落，远看仿佛是一堵白色围墙。多少游人倚着铁栏杆拍照，在凶猛咆哮的大瀑布前留影，喜笑颜开，因那大瀑布已成了动物园里被观赏的老虎，不可怕了。还备有游艇，游客们披着雨衣，乘游艇一直驶进瀑布脚下去淋得通身溅水，好痛快，终于摸了老虎屁股了。久闻其名的世界第一大瀑布并不令我激动，“世界第一大”必进入《吉尼斯世界纪录大全》，但老子说“大象无形”，我向往那无形之大。

我所见过的瀑布中最令我激动的是山西壶口黄河大瀑布，奔腾，咆哮，层层叠叠地翻滚，没遮拦地撒野，天崩地裂，似乎将吞噬一切，而且是黄浆浊水，排斥了“洁白”“银亮”等歌颂美丽的形容词，是真老虎了，令游人畏惧。

观瀑，看跌水，看宁静的水遭难了，从高处猛跌下来，实质上人们潜意识中有隔岸观火的心态，在保得自身安全的前提下观看灾祸，当然，更明显的感受还是欣赏勇猛，崇尚壮美，所以大家涌向钱塘江观潮。

（1998年）

---

① 此处作者笔误，尼亚加拉大瀑布宽度并非世界第一。——编者注

雪

雪纷纷，大地新装，素白银亮。一切肮脏邋遢都被遮掩掉，到处都呈现干净、纯洁，一片单纯。白色世界里突出了乌黑，是房屋的阴暗面，是老树的干枝，是风雪赶路人……就像一张偌大的宣纸上跌落了稀疏的墨点。那些树干的细枝，瘦长的、尖尖的细枝任意伸展，衬着明亮的雪，真像用针尖刻出的版画，锋利而清晰。夜晚，路滑车少，马路上静悄悄的，路灯将树枝投影到雪地上，那纷乱缠绵的影之线条有虚有实，层次错综，是迷人的水墨风韵了。

瑞雪兆丰年。人们欢迎雪，正由于雪带来五谷丰登的好日子。但人们欣赏雪之美，纯缘于视觉形象美的独特魅力，当然也可解说成内容与形式的统一。如果预告丰年的吉祥的雪是黑色或灰暗之色，就不知是否同样具美的效应，良药苦口，苦口之药未必属审美领域。杨柳青年画中瑞雪丰年的题材美极了，红红绿绿的人物、乌黑的头发及房屋门窗，统统活跃在晶亮的雪世界中，那种艺术的夸张和升华，比起西方圣诞树和圣诞老人的画片来，高超多了。杨柳青的年画全是源于生活。春节前后总下雪，春节时不种田，人闲了，穿戴干净，尤其儿童，都穿上最红最绿的新衣裳，似乎有谁指挥他们到雪景里来点染鲜艳浓郁的彩笔。农村，尤其我们年轻时代的农村，一马平川，平林漠漠，很少高房子，鹅毛大雪飘洒下来，立竿见影，眼前霎时一派北国风光。

太阳一出来，雪就慢慢融化了，残雪成了另一番景象：斑斑驳驳，黑白交错，有时很难看，像癞子头，但有时呈奇异的美之构成。我曾在川北大巴山遇到一场极大的春雪，但雪过天晴，积雪飞快消融，那墨绿的山坡和树丛显露出黑一块白一块大大小小长长短短的错综组合，且瞬息万变，雪降神工绘出了巨幅抽象春雪，我为之震惊，后来多次追踪此幅春雪，意难尽。当雪已化完，偶然在某一阴暗角落里发现一块残雪，如遇见了一个被遗弃的孤儿，令人哀怜。

去年5月上京郊百花山写生，东风梳弄柳丝，已是桃花季节，当属虢国夫人游春的时光了，不意在山顶林木深处发现了一湾冰冻的溪流，冰面上积着一层厚厚的雪，像是深深隐藏着的美人，是白毛女，是逃犯！无论如何，这是被遗忘了的雪，触动心弦，我于是用油彩和水墨分别捕捉“遗忘的雪”。

融化了的雪永不返回，人们只能等待明年的新雪。地球渐渐变暖，北国的雪也逐年稀少了，人生不满百，何虑千载忧，但仍时时怀念一去不复返的事事物物，寻找永恒。20世纪60年代我到过唐古拉山，那儿终年冰封，一位女同志冻得哭了，她的眼泪落地立即冻成了冰珠，她这一串泪的冰珠今天应仍储存在唐古拉山顶。平地上的雪年年改样，喜马拉雅山的雪峰永不换装，当我到达喜马拉雅山脚时，满眼白亮晶莹，眼睛刺痛发涩，因忘了戴墨镜，几乎难以睁眼。当人间的雪愈来愈珍稀的时候，但愿珠穆朗玛峰永远岿然不动，永远是雪的圣地，朝圣者代代不绝！

（1998年）

老树

犹如大多数画家偏爱古树一样，我也酷爱老树，每到一地，总要打听附近有什么古老的大树没有，说有，不见到是不甘心的。有一个省里管文物的同志说，他曾想下功夫调查，编一本省内的老树集，为老树建立档案。这想法太有意思了，我衷心祝愿他真能搞成。

有一回，在武夷山林场，人说20里外高山上有一棵参天大树，大得出奇，无法形容，于是我和几个同道便非去看一看不可。细雨蒙蒙，在坡陡路滑、杂树丛生的小道上爬了所谓的20里，终于在一个山谷的入口处见到了这棵确乎是硕大无朋的老树。它满身丫杈，每一枝丫都有普通一棵松树般粗壮，我们围着它团团转，彼此不相见。它像坐山雕似的坐镇丛林中，丛林都匍匐在它的膝下，用写实的手法是难以表现其真实的，从任何一面都无法表现它所占领的立体空间。天光被它遮掩了大半，我们被笼罩在阴暗中，凄凄惨惨戚戚，四近全无生人气息。突然，轰隆一声雷，暴雨欲来，我们急急忙忙奔逃下山去。

我爱老树，不是为了珍视它的年轮，说穿了是爱其形象苍劲之美。我跑到海南岛、鼓浪屿、西双版纳、南宁……寻找大榕树，那虬曲的躯干、层层垂挂的气根，可以让写实的画家无穷无尽地探索，可以予抽象派绘画以不尽的启发。苏州西园和拙政园等处都有老迈多姿的紫藤，文徵明手植的紫藤依然生机盎然，当秋冬叶落后，缠绵的枝条不正像是张旭的草书吗？四川多黄桷树，大黄桷树便是村长、镇长，是故人送别的十里长亭，是劳动人民的露天茶社……没有大黄桷树的地方似乎历史就短，根底就浅，那里就少传说和掌故。“斜阳古柳赵家庄”，古老的村庄里总应有自己的古柳、自己的大黄桷树或别的老树。奉节的街尾有一棵硕大的黄桷树，它一屁股坐镇于交通要津，遥对着三峡夔门，不让路。往来车辆行人不敢撞它。西非塞拉利昂首都弗里敦市中心有一棵丰茂的大榕树，仿佛是国家的象征，人民的骄傲，各种旅游明信片中都有它的雄姿，汽车停到它的脚下便成了儿童玩具似的。在太行山里我也见过这么硕大的一棵槐树，它坐落在一个村落中，是它孕育了村落呢，还是村落后迁来求它保卫？谁也说不清。村里人多起来，住不下了，要砌屋，有人想锯掉这棵既占地皮又碍交通的老槐树。老大爷说他祖辈锯过，锯子一拉，树流血了，于是停下来，从此就再也没人敢去碰它。北京郊区有不少大银杏，二十多年没去大觉寺了，忘了其间的一切情况，却记得里面有一棵巨大的银杏。戒台寺有一棵九龙松，提到戒台寺，我首先想到的便是那棵九龙松。天坛及中山公园，里面大柏树成林，但并未给我太深的印象，那些老树似乎姿态彼此有些类同，像衣冠楚楚的文武百官，唯唯诺诺而缺乏独特的性格。帝王之家的树木中，我很喜欢白皮松。白皮松亮堂，枝干上色块斑驳，淡青粉绿是主调，偶间微红，突然又会闪出几处墨黑的笔触：那是枯死的断枝，把枝干衬托得通体透明，最是油画的好题材。它分枝潇洒、曲折，多韵律节奏感，而松针分布均衡，疏而漏，筛下星星阳光，满地婆娑。故宫、景山、团城、北海、颐和园、十三陵……都拥有高大壮实的白皮松，有几棵最华贵的都曾享有过皇帝的年俸呢！松柏常青，爱松者必爱柏。古柏太多了，别的按下不表，单说苏州郊外光福镇司徒庙里的四棵汉柏，名曰“清”“奇”“古”“怪”，这四棵汉柏确是汉代遗民，身躯硕大，姿态突兀，使人感到性格倔强，是大夫，是将军，是神话中的天神……它们阅世两千年，依然壮实而苍翠，中外来宾闻名赶到这小庙里来瞻仰风采的络绎不绝。一棵挺立，曰“清”；一棵斜倾，曰“奇”；一棵虬曲，曰“古”；一棵伏卧，曰“怪”。其实四棵巨柏都很怪，干枝交错穿插，彼此已难分难解。其中有的是被雷击毙后又从伏地枯死的枝干上长出来的新躯体，是枝亦是根，是根又成枝，曲折往复，龙盘虎踞。高枝往下垂挂，低枝向上攀附，上上下下相握相抱，扭得紧，穿插得巧妙。移步换形，你移一步，它形象又大变，许多画家背着画箱远道而来，绕树三匝，无处着手。我去年在新疆，带领一班学生写生，在那浩瀚的戈壁滩边，突然发现一棵硕大的被刮倒在地已成乌黑色的死树，大堆的根和土已翻在地面，根边和树梢还有几片带青的残叶，但基本上已是一棵死树了。庞然大物的死树予我以强烈的印象，它横卧在戈壁上，具备着造型艺术的稳定感和厚重感，是雕塑！同学们起先并不注意这棵死掉了的树，由于我的激动，他们也动心了。我说这里有霸王别姬，黑色的霸王倾倒了，远处那一脉长长的洁白的雪山不正是虞姬吗？造型艺术中经常离不开伏卧的形，人们总喜欢卧松，就是这个道理。从整体看，“清”“奇”“古”“怪”这四棵汉柏之所以特别动人，关键在于那棵被称之为“怪”的卧柏，它那巨龙似的伏卧的身躯与其他三棵构成强烈的对比，而它们虬曲多变的枝干又构成了呼应与和谐的效果，使这一强烈的对比隐藏而含蓄起来，久看不厌。据说这四棵汉柏是东汉大司徒邓禹手植，清、奇、古、怪之名则是清高宗南巡时命名的。我并不关心是谁手植，是谁命名，只祝愿它们顶着风霜雷击仍永远顽强地活下去，它们那气势磅礴的身形体态将永远受到人们瞻仰！

（1998年）

说墙

“碰壁，碰壁，我碰了杨家的壁了！”鲁迅在女师大风潮时谈到碰了杨家的壁，从此我认知了壁的作用。壁者，墙也，用以保卫自己，防范别人。渔家小院也往往垒有矮矮的围墙，予人安宁感，朱门宅院的高大围墙则令人莫测高深。雄伟的长城和庞大的柏林墙都已结束其历史任务，成为被欣赏、瞻仰的具独特审美价值的重要史迹了。

“墙里秋千墙外道”，我并不羡慕“墙里佳人笑”的欢乐，倒是爱在墙外道上欣赏高墙：或平直，或缓缓曲转；或素白，或纯灰；或刚劲挺拔，或妩媚动人，身段与风韵各异其趣。小院迷宫、中国园林重视平面分割，小小基地上运用巧妙的墙之划分，引人入胜。

巧匠设计的新墙予人轻快喜悦感，而古老的墙令人肃然。老墙，石灰剥落了，裸露了内在的砖石结构，或横直交错，或犬牙相咬，许多洞窟里钻出各种杂草，甚至还开着星星点点的小小花朵，记录了历史的沧桑，似秃发老人周身布满了血色素沉淀的斑斑点点。当墙头或墙根生长了爬山虎之类的藤蔓，屈曲苍劲的线之网构成了层次重叠的丰富画面。人老筋出，树老根出，线之扭曲永远吸引着古代画家和近代画家，提示了写实手法，启发了抽象节律。

墙是人造的，各个时代运用了不同的材料，采用了不同的砌造手法，其线面组织也千变万化，老墙虽然血肉模糊了，毕竟还有构造的规律可循。我看过、画过更多山野的峭壁，鬼斧神工，只予人强烈的感受，全无管制法则，但其神秘的美感令我拜服。这是抽象美，是美之抽象性威力，信乎米芾之拜石！

墙，是一幅画，素净的画面与繁杂的画面各有千秋。画家作画，固是情绪之奔流，但在创作过程中，不能不同时考虑到作品的效果，主要是张挂到墙上后的效果。中国传统中有许多作品是不上墙的，如手卷，只展现在眼下细细看、读。我在新加坡报社大厅看到我国台湾复制放大的《清明上河图》，感到效果不好，画面松散了，失去了原作紧密严谨的特色。作品与墙的关系，是在作品诞生时首先要考虑的大问题，大画绝不是小画的放大，“经营位置”似乎还包括不了“平面分割”的现代意识。倒是有些古人在作画之先，先挂素纸于壁，画前天天在素纸上探寻起伏，这其实已进入现代创作的范畴与方式了。

（1998年）

静巷

我总喜欢看小巷，大致由于两个原因：一是多样形体挤在窄巷里，万象浓缩，构成丰富的画图；二是小巷与外界隔离，躲进小巷成一统，小巷呈现独特的身段体态美。从形式构成的角度看，惊险的长江三峡与区区小巷并无本质上的差异。

这静巷冷清清，隔绝外界自成一统，似乎空无所有，却含蕴着形式美感之微妙节奏，低音吐柔情。缓慢的“弧”与“曲”是画面主调，墙头、墙脚、左方远处的山墙、墙里伸出的树枝，都参与了弧与曲之合唱，严肃认真，绝不让走调。一片弧曲腔中镶嵌进来小小的黑方块，正方的、长方的小小黑色浓缩之块块，在行人眼里，不过是墙上全不起眼的洞或远处几个窗，但在这小巷的绘画天地里，它们却对照了全局的弧与曲，平衡了整个画面大量的白。如果秤的一头是许多弧曲之枝条，是大块大块的白，那么这几个小小的、方的、墨黑的秤锤恰好使秤获得平衡。

白墙不是白纸或白布，偌大面积的空空如也的“白”却要唱主角戏，戏在哪里？因之旧墙斑痕、水渍，或由于墙面转折而呈现垂直的、横扫的、斜飘的各样轻微的形与色之变化，是笔墨，也是肌理，她们承担了舞台的主要任务，如她们的工作不出色，戏便将落空，观众是会失望的。

这个小巷在我的故乡宜兴，20世纪50年代末我曾画过，但返京后发现画面似乎像来自尤脱利罗的巴黎小巷，心里不舒服了。80年代初重来宜兴，特意又找到这条安然无恙的小巷，我从巷口到巷里出出进进往返组织画面，用自己的眼来吻故乡的墙，自己的脚印留在小石子路上。

最近听说小巷已拆了，那高墙里原本是监牢。

（1998年）

说鸟

我最早认识的鸟是燕子，她将窝筑到我家的大梁上。当满窝乳燕叽叽叫，张着大嘴嗷嗷待哺时，燕子妈妈整天从我家那窄小天井飞进飞出忙着喂食。燕子太平常了，天天见，视而不见。后来我天南地北到处跑，才知江南故乡的燕子特别多，春天更多，“似曾相识燕归来”，可见燕子并非总停留在一地。燕子很美，尤其那剪刀似的锋利的尾巴最吸引诗人和画家，“燕尾剪波绿皱”，诗人进入了抽象绘画领域。我们从来没有伤害燕子的念头，但喜捕食麻雀。雪天，麻雀找不到食物了，我和弟弟在自家晒谷场上扫去积雪，撒一些谷粒，用大竹筐半盖着，竹筐靠一只筷子支撑半边，筷子上系一条线，我们牵着线躲在门后，等饥饿的麻雀们进入竹筐下啄食时，一拉线，它们便都被竹筐罩住了，有时一次能罩住好几只。除“四害”时麻雀遭了浩劫，因无处可停歇，飞得累死了的麻雀随时从空中掉落到我眼前，不知是喜悦还是怜悯，我漠然了，似乎与麻雀无情无义。20世纪70年代在农村劳动，偶有机会作油画写生，深秋，黄叶，干枝上有一群麻雀，空寂无人，麻雀成了我艺术的生灵。画成，我自题画外音：秋来黄叶落，枝头见麻雀。

我羡慕鸟能飞，太自由了，以为能飞便什么都不怕了，童年也曾在梦中飞过，但飞得很累，没飞多高，就累醒了。当发现一只野兔时，大家呼叫围捕，惊喜而紧张；但看到飞鸟，明知捉不到，也就不动情。如飞鸟栖落到身边来，伸手可擒，这种意外早年从未遇到过。

在伦敦特拉法广场和米兰大教堂前，我被大群鸽子包围着，鸽子居然栖息到我的肩膀和头上，我几乎不敢动弹，外国的月亮不比中国的圆，外国的鸽子却不怕人。燕子大概不好吃，但鸽子是餐中佳品，被人吃的鸽子又如何能与人亲昵相处呢，此中大有学问吧，人们并不因其象征和平便禁食鸽子。

鸟叫，或曰鸟鸣。许多鸟笼往往聚集到住宅区附近的树丛中，叽叽喳喳，卿卿我我，组成了鸟们的鸣奏会。最早给我留下深刻记忆的鸟叫是“布谷，布谷”，叔伯们说那是催人布谷，到播种时候了，又有人说是“哥哥归家”，则当属恋歌了。至于夜莺的歌喉，我似乎至今没有印象，也许她从未向我吐过衷肠。我确乎一向不很关心鸟语花香，也没逗弄过会说话的八哥和鹦鹉，倒是画过几幅鹦鹉，自题画外音：“鹦鹉前头人语喧，谁人不敢言”“通身艳装，并非自己选择，祖祖辈辈的遗传，雅俗任人评说”。在芬兰北方一家博物馆参观鸟类标本，品种繁多，姿态栩栩如生，琳琅满目，几乎都从未见过，只要按任何一只鸟的编号电钮，它便真的鸣叫或歌唱起来，是真实录音，生动极了。

到热带，到非洲，飞禽的品种不仅多，而且色彩特别鲜艳。新加坡的飞禽公园规模不小，包罗万象，搞服装设计的应该从中获得了无穷启发，珍禽异鸟的造型和色彩搭配诚是大师的杰作。中国传统绘画中多禽鸟，甚至辟作专科，曰翎毛。黄筌善画翎毛，并留下了翎毛教材，成为我国绘画史上的瑰宝。中国画善于表现宜近看的题材，花与鸟都宜近看，故花鸟画在传统技法中独成体系，这在西方是没有的，除毕加索画过和平鸽，西方没有画禽鸟的一流大师。中国传统绘画爱画鸟，也由于和文学的姻缘，人们赞美鸳鸯的恋情，白头偕老的忠贞。喜上眉梢的谐音使喜鹊和梅花长期同床异梦。喜鹊黑白相间，美；而乌鸦通体乌黑，整体一统，更具现代造型的强烈感受，但乌鸦一直蒙冤，被视为不祥，也就被排斥出绘画领域，我们该为它平反了。

（1998年）

吴冠中
九一

柳暗花明

我从国立杭州艺专学艺开始，便兼学西方的油画和中国的水墨画，曾将这两种绘画之道比作陆路和水路，水陆兼程六十余年。当陆路上遇到阻碍或峭壁，难于跨越时，便入水游泳绕过路障；如游至水尽时，便又登陆爬坡。常言道：山重水复疑无路，柳暗花明又一村。我往往用此来比喻油画和水墨中的交替探索。那水路和陆路似乎不即不离，虽迂回曲折，但大致伸向同一方向，且中途经常遭遇。我走在中途，不知峰巅尚在何处，但确信水路、陆路均通向峰巅，中西艺术最后必在峰巅相晤言欢。

我的启蒙老师中林风眠和潘天寿的观点截然相反，林风眠主张中西融合，潘天寿强调发展中国本位艺术，中西画要拉开距离。他们各自的杰出成就共创了中国现代美术的辉煌。他们都是我所崇敬的老师，因之他们的观点在我脑海中遭遇、搏斗，启发了年轻学生的独立思考，并从事以全部生涯作代价的探索。这可以说是一个绝无仅有的独特现象：强调传统特色，强调与西洋拉开距离，本人也并未深入研究西洋艺术的潘天寿，恰恰在其作品中体现了西方现代艺术的要素。这要素主要表现在构图中包含几何观念的平面分割。“计白当黑”已是常用的专业术语，潘天寿在计白当黑的经营中可说是中国绘画第一人。高居翰先生认为潘的作品在中国绘画中最具视觉效果，这代表了西方人的看法。一般地讲，艺术创作过程中大都从加法进入减法，而潘天寿却几乎一直是在减法中追求艺术之真谛，他的才华属凤毛麟角，但他对艺术教育的观点则受了历史的局限。林风眠比他站得高，看得远，兼容并蓄，赏识其才华，以每月300元大洋（20世纪30年代）的高薪聘任与自己观点相反的潘老师。林风眠不同意设中国画系，只设绘画系，学生须兼学西洋绘画和中国传统绘画。中华儿女，均爱自己传统中的高成就、高品位，但若无创新，传统难于发扬，终将枯萎于世界百花园中。冷静思考，西方绘画中的体面造型，印象派以后的色彩造型，立体派以后的构建营造，都是我国绘画中的弱项，如果一味强调从自己传统中发展，无视西方近代的新天地，我们将落入近亲婚姻的衰退厄运中。

从我切身的经验，还是同意林风眠的绘画系，甚至不设系，美术院校中只设素描、油画、国画等等多种工作室。学生在这些必修课程中可任选工作室学习，每个学生自己组成自己的系，好比自助餐，根据各人的胃口选取各人需要的营养，那些谁也不吃的菜，渐渐淘汰，促其淘汰。中国画系说必须走自己民族的路，油画系说必须吸取外来优秀文化，都是堂堂正正的宣言，但实际情况，“保守”“狭隘”“崇洋”都已飞出潘多拉的匣子，或说这些都不过是暗流，但这暗流啊，却在强劲地奔流。两家门下转轮来，我一直想摸透东西两家的家底，两家的什物有异同，但两家的治家格言完全一致：情真。今天我很高兴有机会在台湾历史博物馆展出作品，愿作品，也只有作品能诉说作者的心思与情意。虽然我与绘画相恋相伴60年，60年的婚姻人间颂扬为白头偕老的钻石婚。我今已白头，绘画却更显年轻，她不断抛弃衰老的作者、伴侣，移情别恋年轻人了。

同时展出早期、晚期的油画和水墨，人们不难看出其间的依恋与恩怨。油画之后的水墨，背叛了传统，水墨之后的油彩，近墨者黑，背叛了西画。踏着油彩和水墨作“之”字形前进，那转折点，都源于山重水复而寻找柳暗花明的新村。国粹派说：“非驴非马，骡子不能生殖。”我不必去对号认罪，先辈老师早都承担过罪名了，他们的艺术没有断子绝孙，相反，倒是标榜中西结合者挤满了画坛。必须坦诚地承认，在潘天寿老师手把手地指导下我从画册中临摹过大量宋、元、明、清的山水、花鸟、兰竹，不折不扣的临摹啊，在前人笔墨中讨生活，如果不是油画那方面的诱惑，我将会同李可染一样，感到要用最大的勇气“打出来”。1995年香港艺术馆举办我的个展，给我加了一个头衔：叛逆的师承。我乐于接受这样一顶桂冠。

我在国内曾长期被批判为形式主义者，一位权威说：“自然主义是懒汉，而形式主义是恶棍，必须消灭。”我对学生说：“造型艺术不讲形式，那是不务正业。”在这种背景下，我行我素，走自己的羊肠小道，避人耳目。春风终于吹到内地，改革开放了，春风之后是强劲的西风，年青一代解放了，他们拜倒西方，前卫、超前、行动……不少展览类似假面舞会，虽活跃喧闹，却不见作者真面目，按不到他们自己的脉搏，我对之显得冷淡，于是有些勇敢的年轻人嘲笑我是叶公好龙，怕真龙，令我反思在巴黎留学时代遭到的深切的民族歧视，我是带着敌情观念学习的。凤求凰，艺术之诞生当缘于求知音。隔膜的双方都是对方的新大陆，彼此渴望了解。我自己听懂了异邦的语言，也学舌说他们的语言了，我的父老乡亲不懂，十几亿人民都不懂他们儿女的语言，这将是怎样的国度和社会啊！这便是我下决心回到祖国搞油画民族化和中国画现代化的初衷。油画民族化被西洋人讥为土油画，中国画现代化又被遗老遗少骂忘祖了，丢掉了古人笔墨。我顶着“左”的政治思潮的压力，度过了四十年土生土长的岁月。今日经济大潮袭来，我老了，已不受诱惑，超脱了。历史造成了我生活的坎坷，历史又赐予了我对艺术忠贞的条件，无奈文艺之神没有赋予我才华，我报以苦劳。

将自己四十年间的作品并列展现，既可看出作者在油彩与水墨间交叉进行的姻缘与得失，又可辨认从具象到抽象的轨迹。由于题材的状貌与性格千差万别，捕获的手段就必须多种多样，拉弓射鸟，撒网捕鱼。我用弓射鱼，落空了，改撒网，这便是我对同一题材前后分别用油彩或水墨来表现的缘由。有时并不认为作品失败，也会用油彩或水墨来互相移植，比较其不同的效果，欲穷不同媒体的特殊功能。

我在具象表现中一向着力于形式美的追求，形式美是画面的主体，物象之面貌往往居于第二位，甚至只是一种借口（如《汉柏》《苏醒》《故宅》《田》《忆故乡》等等）。发展到后来，形式美的构成因素往往上升为作品的灵魂，块、面、点、线等等之间的节律成为绘画的根本，启示这些节律的母体被解体或隐藏了，作品进入了抽象领域。有人说我的“风筝不断线”的线断了。也许，但我自己认为即便断了有形的线，却没放弃手中的遥控（如《春如线》《宽容》《龙凤舞》等等）。高处不胜寒，当风筝飞离地面过远，我怀念人间烟火，有时便又投入江东父老们的怀抱，天上人间时往还，在《祈祷》与《金刚》间似乎就透露了这样的情思。水陆兼程，往返于油彩与水墨间；天上人间，徘徊于具象与抽象间。日已暮，前程何处，问来客，别人也说不清柳暗花明新村的方位，他们有的中途停下了，有的折回来了，我只在孤独中走，默念夸父，默念罗丹的《行走的人》。

（1998年）

凤求凰

旧时农村习俗，富裕人家死了老爷老太太，出殡时要扎库（土音），即扎纸人、纸马、纸屋、纸车……生活享受所需什物尽量齐全，仿佛为帝王将相殉葬的俑及器皿。丧礼毕，当场将这些精心制作的五颜六色之“库”一把火烧掉。这场面给我极大的震撼，既可惜又壮观，回忆起来，这倒是真正中国民间的行动艺术大展，比西方现代的行动艺术之兴起要早得多了吧。无疑，中国的这种“行动艺术”诞生于迷信，则20世纪的行动艺术缘何诞生呢？有人将自己囚禁起来，或自割体肤，说是表现艺术之虔诚，这与和尚“坐关”又十分相似。和尚坐三年关，耐三年寂寞，出关后便成为一项资历，其地位必高升，苦肉计换取了升迁。艺术家想扬名，其作品又不易获得共鸣，便以惊世骇俗的行为来欺世盗名。

也不宜全部抹杀行动艺术中包含的某些创意，因为进一步发展游戏和娱乐也丰富了人间乐趣，但这绝不等于艺术创作，“生活就是艺术”“小便池就是艺术”“调侃就是艺术”……西方和东方都有人“强奸”艺术，因艺术很美，人民爱艺术。“强奸犯”的面目逐渐被人们识别，均将被拒于艺术门外。人自诞生之日起，甚至未诞生时，就已经爱妈妈，人爱人，爱动物，爱花木，爱星月宇宙，不甘寂寞。艺术诞生于不甘寂寞，凤求凰，求知音，艺术是感情交融最直接又最隐秘的通衢。这通衢的样式千变万化，有时隐秘得几乎不可觉察，如人体机构之复杂，但血管里流的都是血。庄子、陶潜、李叔同虽都像飘飘然，似乎对人间冷漠了，其实他们的血仍是温热的，高山流水必引来人们的共鸣。

说花是植物的生殖器官，乍听一惊，继而感到倒阐明了艺术的真谛。未必如弗洛伊德认为的性是一切行为的出发点，人们表达美感的含义十分广泛。《小放牛》的牧童天真稚气地唱：对你妈妈说，将你许配我。确实抒写了异性相吸。而李密的《陈情表》绝无性因素，初衷也并非为了对外发表，却偏偏成了文学名篇，只缘于情真。画家最易制造伪作，我说伪作，非指假冒他人之作，而是说徒绘物象之外貌，并无感情投入，涂抹得毫无性灵，伪作艺术，比如文学作品，不知所云。应该承认画家是手艺人，同是手艺人，情意有浅深，品位有高低。技巧的高低须凭功力，而品味、品位是素质，这根本性的素质难于改造。有人夸夸其谈，一看其作品，真伪立见。唯有作品，最赤裸裸地揭示了作者的灵魂。有人说从书法中可看出作者寿命的长短，书法犹如其他艺术作品，无疑透露了作者诚朴、机智、气度、虚伪等方面无法掩饰的性格与品位。终身作为美术教师，我触摸过不少青年人的心灵，每接一班新同学，二十来人，我根本不问姓名，只逐步掌握他们各自作业的特点，亦即性格之特点，这特点便铭刻在他们的脸面上，待到学期终了要打分数，才将他们的姓名册拿来对号。姓名这个符号记不住，待他们毕业后许多年，更记不清谁是谁了，但只要提醒他们作业的特点，我都记得清清楚楚，如数家珍。当年的学生大都成了画家了，道路各异，有写实的、浪漫的、抽象的、前卫的……勇于探索是艺术发展的动力，关键是必须出乎真情实感，一时不被大众接受也属正常现象，但没有永远的阳春白雪，若真是阳春白雪，迟早必将被普及为下里巴人，否则这雪只能消失。也有学生赶时髦作些装腔作势的东西给我看，我老了，不看。耳不聋，阳春白雪向下里巴人的转化途中，一路可听到凤求凰的鸣歌。

（1998年）

肥瘦之间

减肥，为了健康，更为了美。杨贵妃不需减肥，相反，当时妇女们都想仿效她，增肥。不知李隆基的审美品位是高是低，只从周昉笔底的《簪花仕女图》来看，当时崇尚的女性之肥胖确乎倾向于雍容华贵之美。赵飞燕以瘦之美征服了皇帝，岂止赵飞燕，楚宫里也为崇尚苗条细腰而饿死宫女，她们用土法减肥。

绘画中有疏密对照之美，疏可走马，密不通风，各走极端，艺术美往往体现在特性之夸张中，走极端。犹如疏密之为两极，肥与瘦也是造型美中相反的两极。吴道子画宽松衣着的人物，人称“吴带当风”，而曹仲达追求紧窄美，衣纹如湿了水紧贴在身躯上，人称“曹衣出水”。西方现代艺术的主要特征就是表达感情之任性，形式走极端。马约尔雕刻的肥婆比杨贵妃胖得多，其实已超越“胖”的概念，在追求造型中的饱满与张力，即所谓量感美，而当代美国画家奥得罗则更由此道发展进入漫画世界，肥得臃肿到极限，并将眉眼口鼻都缩成小星点儿，丑中求美，美丑之间难分难解了。中国人大都不接受这种调侃之美，但我们欣赏无锡泥阿福。我前几年在印度尼西亚海边见到一位肥硕惊人的英国年轻妇女，是造型艺术中追求量感美的最佳模特儿了，返京后为此作了幅油画，不接近西洋艺术的客人来家看到后都觉得刺激、好奇，我于是解说，这是洋阿福，他们会心地点头了，因而我名此画为《洋阿福》。“衣带日已缓”“人比黄花瘦”，中国诗人多愁善感，时时流露对瘦的怜爱，林黛玉之美似乎潜藏在瘦弱中，弱不禁风也成了一种东方的审美对象。西方现代造型艺术中也追求瘦骨嶙峋之美，尽量扬弃一切累赘的脂肪、肌肉，突出坚实的人之最本质的架构。瑞士的杰科梅第于此走到了极端，“人”几乎存在于几根铁丝中，人们评说那属存在主义了。

生活中人们追求肥瘦合度，有人说合度就是美。有位史学家开玩笑，说如果埃及艳后克利奥帕特拉的鼻子增高半毫厘，罗马的历史就要改写了。确乎，美丑之间差之毫厘，失之千里。形容美总说增一分太长，减一分太短。但，情人眼里出西施，审美往往带有偏见。艺术创作中，审美的“偏见”倒偏偏是独特风格之母。偏见由于偏爱，而偏爱则由于发现了别人尚未发现的特色。美术基础教学中要求作业完整，面面俱到。面面俱到了，完整了，是一件可评高分的习作，但绝不可能是艺术杰作。五官端正并不等于美。肥人中有美丑之别，瘦人中也有美丑之别，不肥不瘦而合度呢，也未必就美。美，真是有点邪气！

（1998年）

风景写生回忆

我作风景画往往是先有形式，先发现具形象特色的对象，再考虑其在特定环境中的意境。好比先找到有才能的演员，再根据其才能特点编写剧本。有一回在海滨，徘徊多天不成构思，虽是白浪滔天也引不起我的兴趣。转过一个山坡，在坡阴处发现一丛矮矮的小松树，远远望去也貌不惊人，但走近细看，密密麻麻的松花如雨后春笋，无穷的生命在勃发，真是于无声处听惊雷！于是我立即设想这矮松长在半山石缝里，松针松花的错综直线直点与宁静浩渺的海面横线构成对照。海茫茫，松苍苍，开花结实继世长！我搬动画架山上山下、山前山后捕捉形象表达我的意境。

崂山渔村

崂山一带渔村，院子都是用大块石头砌成的，显得坚实厚重，有的院里晒满干鱼，十足的渔家风味。我先写了一首七绝："临海依山靠石头，捕鱼种薯度春秋。爷娘儿女强筋骨，小院家家开石榴。"

我便要画，在许多院子中选了最美最典型的院子，画了院子，又补以别家挂得最丰盛的干鱼。画成，在回住所的途中被一群大娘大嫂拦着要看，她们一看都乐开了，同声说这画的是×家，但接着又都惊叹起来："嗬！他们家还有那么多鱼！"因她们知道这家已没有多少鱼了。

粪筐画家

在林彪、"四人帮"控制时期，我们学院全体师生在河北农村劳动，生活无非是种水稻、拉煤、批判、斗争……就是不许作画。三年以后，有的星期天可以让画点画了，我们多珍惜这黄金似的星期天啊！没有画具材料，设法凑合，我买了一元多钱一块的农村简易黑板，刷上胶便在上面作油画，借房东的粪筐做画架。我有一组农村庄稼风景画，如高粱、玉米、冬瓜……就都是在粪筐上画出来的，同学们戏称我为"粪筐画家"！河北农村不比江南，地形是比较单调平淡的，不易找到引人入胜的风景画面。同农民一样，几乎天天是背朝青天面向黄土，因此对土里生长的一花一叶倒都很熟悉，有了亲切的感情，我画了不少只伴黄土的野花。有一次发现一块体形不错的石头，照猫画虎，将它画成大山，组成了"山花烂漫"，算是豪华的题材了！

吴冠中
一九九七

井冈写生

1957年我到井冈山写生，当时山中人烟稀少，公路仅通到茨坪。我黎明即起，摸黑归来，每天背着笨重的画具、雨具和干粮爬数十里山地。有一回在五马朝天附近的杂草乱石间作画，一个人也不见，心里颇有些担心老虎出现。总算见到来人了，一位老大爷提个空口袋，绕到我跟前约略看看我的尚看不清是什么名堂的画面，便无动于衷地又向茨坪方向去了。下午约莫四点来钟，这位老大爷背着沉甸甸的口袋回来了，他又到我跟前看画，这回他兴奋地评议、欣赏图画了，并从口袋里抓出一把乌黑干硬的白薯干给我，语调亲切，像叔伯大爷的口吻：站着画了一天了，你还不吃！

1977年，我第二次上井冈山，公路已一直通过我前次步行了四小时才到达的朱砂冲哨口。我在哨口附近作了一幅油画，画得很不满意，几乎画到了日落时分，才不得不住手。公路车早已收班，硬着头皮步行回住所去，大约要夜半才能走到。幸好我拦截了一辆拉木头的卡车，木头堆得高高的，爬不上人，驾驶室里也已有客人，我勉强挤下，一只手伸在窗外捏着遍体彩色未干的油画，一路上，车疾驰，手臂酸痛难忍，但无法换手，画虽不满意，像病儿啊，但丝毫不敢放松，到了茨坪，手指完全痉挛麻木了！

站

1959年，我利用暑假自费到海南岛作画，因经济不宽裕，来回都只能买硬座。从广州返回北京时，拖着大包尚未干透的油画，而行李架上已压得满满的，我的画怕压，无可奈何，只好将画放在自己的座位上，手扶着，人站着。一路上旅客虽时有上下，但总是挤得没个空，谁也不会同意让我的画独占一个座位。就这样，从广州站到北京，双脚完全站肿了，但画平安无恙，心里还是高兴的。

乐山大佛

四川乐山大佛，坐着，高71米，是世界第一大佛，如他站起来，还不知有多高！不过，单凭巨大倒未必就骇人，主要是由于岷江和青衣江汇合的急流在他脚下奔腾，显得惊险万状。当我了解到由于此处经常覆舟，古代人民才凿山成佛以镇压邪恶，祈求保佑过路行舟的安全时，于是强烈地想表现这种劳动人民的善良愿望和伟大气魄。迎着急流险滩，我雇小舟到江心写生，大佛虽大，从远处画来，也不过是一个普通的石刻，只能靠画中船只的比例来说明其巨大的尺度，但这只是概念的比例，逻辑思维的比例，并不能动人心魄。我于是重新构思，到大佛脚下仰画其上半身，又爬到半山俯画其下半身，再回转头画江流……是随着飞燕的盘旋所见到的佛貌，是投在佛的怀抱中的佛的写照，佛的慈祥安宁，似佛光的雨后彩虹……想让观众同作者一起置于我佛的庇护之中。

月夜缚玉龙

从云南丽江到玉龙雪山山麓，徐霞客是徒步走去的。今日虽开有简易公路，交通仍很不方便，尤其碰上雨季，经常不通车。我和小杨二人住在山麓白水林场的工棚里，棚里长着杂草，五月天烤着火盆。从蒙蒙雨色中仰望窗外，烟雾茫茫，雪山总不肯露面。为了她——雪山，我们啃干馍就辣椒，一等十来天。我将板床移到窗口，朝朝暮暮窥视窗外的天空，偶然雨停云开，雪山微露颜面，立即出门捕捉，但挥毫未及三五笔，她又缩回云层中去了。几乎天天如此捉迷藏似的搏斗了一个星期。一个月夜，突然晴朗起来，那皎洁多姿的玉龙，像刚出浴的姑娘似的裸露了整个身段。我立即叫醒小杨，我们急急忙忙搬出画具，小杨给我背出一张桌子，我可宁愿伏在地上作画，这回终于表达了我自己的感受。我从来不在画面上题跋或写诗，这回破例，即兴题了首七绝：

“崎岖千里访玉龙，不见真形誓不还。趁月三更悄露面，长缨在手缚名山。”

群众评画

我作画，追求群众点头、专家鼓掌。一般讲，我的画群众是能理解的，我在野外写生时经常听到一些赞扬的话：“很像”“很好看”“真功夫，悬腕啊！”这些鼓励的话对我已不新鲜，引不起我的注意。只一次，在海滨，一位九十多岁的老渔民坐在石头上自始至终看我作完一幅画，最后一拐一拐离去时作了一句评语，真正打动了我的心弦。他说：“中国人真聪明，外国人就画不出来！”估计他没有看过多少外国人的画，可能年轻当水手时吃了不少帝国主义的苦头，那强烈朴素的爱国主义感情使我永难忘怀！

塞纳河之溺

我年轻时在巴黎美术学院学习，有一年复活节，照例放假一周，一位法国同学邀我一同去塞纳河写生。

他的设想很美，我们两人自己驾驶一只小船，带上帐篷、毛毯、罐头……自然还有画具，沿塞纳河漂流而下，哪里风景好，便在哪里多住几天。他父亲在巴黎当医生，在乡间塞纳河畔有自己的别墅，周末和节日全家便到别墅度假。我们先在他家漂亮幽静的别墅住了一夜，夜晚观光了乡间的露天舞会。第二天一早，我那同学自己扛起一只小船，什么船呀，几根细木条做的构架，其间用防水帆布蒙满而已，就像在海滨游泳时用的玩具小舟。他家保姆、弟弟和妹妹帮我们背着画具和用品送到河边去，他父母也送出了大门。

郊野的塞纳河可不是巴黎市内的状貌了，十分宽阔，浩浩荡荡，像江流一般，那小舟放到河里时，不过是一片小小的树叶，被波浪打得飘摇不定。我心里发寒了，但能表露恐惧吗？中国人害怕了？何况他家保姆和弟妹还正在高高兴兴祝贺我们这一趟别致的旅行呢。塞满什物，再坐进两个人，小舟里已无丝毫空隙。我们顺水而去，不仅顺水，而且顺风，我那同学立即又挂起了布帆，真有“两岸风光数不尽，千里踏云一日还”之势。可只飞了一个多小时，我们就遭了覆舟灭顶之灾，两人几乎同时抓住了半浮半沉的小舟，在波涛中挣扎。我童年在农村学过一点土法游泳，被讥为狗爬水，而且只能在平静的小河里爬那么四五米，此后再也没有下过水。生死关头人总要竭力自救，我先用一只手脱去了皮鞋，想再脱西装和毛衣，但脱不掉了。漂浮了二十来分钟，不见有船经过，我那同学说他先冒险游上岸试试，他放开小舟，冲着风浪向遥远的彼岸游去，我紧盯着他的命运，暂时忘了自己的命运，因他的命运也紧紧联系着我的命运。他抵岸了，他向四面呼喊，但杳无回音，不见人啊！春寒水冷，我已冻得快麻木了。终于有一只大货船经过了，在我们声嘶力竭的呼救下，大船缓缓停下来，放开它尾后拖随的小舟来将我捞起，送到了岸边的沙地上，其时我大约已在水里泡了五十分钟。得救了，打着寒战，回头看那可怕的江面，我们的小舟和毛毯尚在漂浮，还有面包，像泡肿了的女尸的脸。我们两人赤脚往村里跑，被人们热情地接待，烤火，打通电话后，同学的父亲开车来接我们回到了别墅里。

塞纳河是印象派画家们笔底最美丽的河流吧，我几乎就葬身在印象派的画境中！

偷画码头

山城万县面临长江，江畔码头舟多人忙，生活气息十分浓厚，是最惹画家动心的生动场景。

我1973年到万县，“四人帮”控制期间，规定码头保密，不让画，我不甘心。我这样构思：从后山背面画层层叠叠的山城气势，其间还有瀑布穿流，再将江畔码头嫁接到画面底部的山城脚下。在后山写生又比山城正面僻静，少干扰。我先躲在一个小弄堂角落偷画了码头，然后又提着未完成的油画急匆匆走偏僻小巷赶到后山去。发觉后面有人追来，我加快步子，那人也加快步子，他穿着一身旧呢子军服，像转业军人模样，我心想糟了，公安部门追来了，码头已画在画面上了。他追上了："你是哪里的？""北京。""哪个单位的？""中央……""你叫什么名字？"我正预备摸出工作证来，他接着说："我是文化馆搞美术的，这里画画的人我都认得，老远见你在画，没见过，想必是外地来的，你走得这么快！我们文化馆就在前面，先去喝点水吧！"

听香

1980年的春天，我带领一班学生到苏州留园写生，园林里挤满了人，行走很困难，走不几步，便有人嚷嚷："同志，请让一让！"原来他们在拍照，那国产的海鸥相机大概价格便宜，很普及，小青年都在学照相。那些姑娘们拍照真爱摆姿势，有斜着脑袋扭着腰的，有一手捏着柳叶的，有将脸庞紧贴着花朵的，她们想在苏州园林里留下自己最美丽的身影吧！园林里有什么好玩呢？于是嗑瓜子、吃糖果、打扑克……与其说听音乐，倒不如说显示自己手提了新式录音机更得意吧，满园都在播放邓丽君的歌，邓丽君成了园林里的歌星，不，是皇后！学生们诉苦了，无法写生，我只好采取放羊措施，宣布自寻生路去吧。

到了晚上，我的研究生钟蜀珩不见了，她回来得特别晚。她曾躲进了园林里一个极偏僻的角落，藏在什么石头的后面，悄悄地画了一天，静园关门的时候值班人员未发现她，她也没注意园林在什么时候已关门了，当她画完时已无法出园。她在园里来回转了好几遍寻不到出园的任何一个小门，最后只好爬到假山上对着园外的一个窗户呼喊，才引来管理员开了门。她说，她在园里转了一个多小时，没遇见一个游人，她才真正感受到了园林的幽静之美。我没有这样的好运气，真羡慕她遇见了园林的幽灵。狮子林的走廊里写有两个字——“听香”，道出了园林的美之所在。

犀牛洞

我看过不少溶洞，宜兴的张公洞、善卷洞、灵谷洞，桂林的芦笛岩、七星岩，南宁的××洞，贵阳的地下公园……所有这些旅游洞里都安装了彩色电灯，照耀得五光十色，色彩斑斓，但并不吸引我。

1980年我和贵州的同行们坐了吉普车去黄果树瀑布，中途，同车的人告诉我，我们将经过一个犀牛洞，里面发现一只古代犀牛的化石，化石犀牛虽已移去博物馆，但洞仍很有意思，值得一看。我为了不逆别人的心意，便勉强同意绕道去看一眼犀牛洞。洞在野山脚下，庄稼地间，刚接通一段简易的泥土公路。由生产队派人管理，卖门票，引路，开电灯。因参观的人少，洞门常锁着，我们请孩子们去村里叫来管理员。因为灯暗，洞大，深入进去曲折多变，纵横错杂的岩石变化神奇莫测，昏昏沉沉中有孙悟空闹过的天宫，有中世纪哥特式的庞大教堂，有半坡社会的村落……待到招待所吃完中饭，我不肯休息，立即凭印象勾画出在洞中的强烈感受，总觉得意犹未尽，于是我决定开车折回犀牛洞去。再次进洞，我准备了较大的画夹，借了张凳子搬进去坐下来仔细描绘。时间一久，在幽暗的灯光下瞳孔逐渐放大，处处都能看清了，我加意刻画了各个局部，将转折的来龙去脉都交代得清清楚楚，然而，我只画下了满幅呆石头，太乏味了！我灰心丧气地出了洞，那位管理员小青年也埋怨起来："你们这几角钱门票画这么久，我们可要贴不少电费呢！"

速度中的画境

1972年，我第一次路过桂林，匆忙中赶公共汽车到芦笛岩去看看。汽车里人挤极了，没座位倒无所谓，但我被包围在人堆里，看不见窗外的景色，真着急。我努力挣扎着从别人的腋下伸出脑袋去看窗外的秀丽风光，勉强在缝隙中观赏甲天下之山色。一瞬间我看到了微雨中山色蒙蒙，山脚下一带秋林，林间白屋隐现，是僻静的小小山村，赏心悦目谁家院？难忘的美好印象，我没有爱上芦笛岩，却不能忘怀于这个红叶丛中的山村。翌晨，我借了一辆自行车，背着油画箱，一路去寻找我思恋了一夜的对象。大致的地点倒是找到了，就是不见了我的对象，于是又来回反复找，还是不见伊人！山还在，但不太像昨天的模样了，它一夜间胖了？瘦了？村和林也并不依偎着山麓，村和林之间也并不是那样掩映衬托得有韵味啊！是速度，是汽车的速度将本处于不同位置的山、村和林综合起来，组成了引人入胜的境，速度启示了画家！

监牢被卖

1960年到宜兴写生，发现一条幽静的小巷，一面是长长高高微微波曲的白围墙，另一面也全是白墙，多属时凸出时凹进的棱角分明的垂直线。两堵白墙间铺着碎石子的小道，质感粗犷的路面一直延伸到远处的街口，那里有几点彩色在活跃，是行人。从高高的白围墙里探出一群倾斜的老树，虽不甚粗壮，但苍劲多姿，覆盖着小巷，将小巷渲染得更为冷僻。我一眼便爱上了这条白色的小巷，画了这条小巷。

事隔二十年，去年我再到宜兴写生，这条白色的幽静小巷依然无恙。这回是早春，这白围墙里探出的老树群刚冒点点新芽，尚未吐叶，蓬松的枝条组成了线的灰调，与白墙配得分外和谐，我于是又画了这条白色小巷，画成了我此行最喜爱的一幅作品。在宜兴住了一个月，画了一批画，临走时许多美术工作者和朋友们来看画，他们赞扬，因感到乡土情调的亲切。只是有一位好心的老同志提醒我，说那幅白色的小巷不要公开给人看，因那白色的围墙里是监牢。

回北京后不久，中国美术家画廊邀请我在北京饭店举办一次小型个展，同时出售少量作品，售画收入支援美协活动。我同意了，展出作品中包括了我自己偏爱的那幅白色小巷，但说明此画属于非卖品。展出结束后，工作人员来向我交代，“白色小巷”偏偏列在已售出的作品中了，我很生气，他们直道歉，说一位法国人就坚持要买这一幅。我所爱的监牢就这样被悄悄卖掉了。

今年我因事又经宜兴，匆忙中又去看望了一次白色的小巷，白墙已被拆除一半，正在扩建新楼。

牧场与毛毯

我在新疆白杨沟的山坡上用油彩画那一目了然的大片牧场，一群学生围在背后看我作画。我画得很糟，可以说彻底失败了，我的调色板上挤满了大堆大堆的各种绿色，硬是表现不出那辽阔牧场的柔软波状感。心里很别扭，傍晚躺在床上沉思，探索失败的关键原因。同学们进屋来看望我，我立即坐起，偶一回头，看到刚被我躺过的床上有文章了。黄黄的单一颜色的毛毯覆盖着棉被和枕头，因刚被我躺过，那厚毛毯的表面便形成了缓和的起伏，统一在富有韵律感的皱纹中，这不就像牧场吗？牧场的美感被抽象出来了！

我于是便和同学们谈开了，总结了我白天的失败，认识到要着重用线的表现来捕捉牧场的微妙变化，一味依靠色彩感是太片面了，如绿色的牧场染成黄色的牧场，构成牧场美感的基本因素不变，毛毯给了我们启示。第二天同学们在色彩画中果然用偏重线的手法表现了牧场，效果比我画的好多了！

银鳞龙

我走在故乡附近的小道上，遇见一位妇女提着一篮糕团走亲家，她刚好放下篮子整一整里面的食物。揭开覆盖的大红纸，现出一条用米糕捏塑的不小的龙，遍体密密的龙鳞，全是用五分钱的镍币嵌入龙身来表现的。这一新颖的构思和独创的手法令我大为吃惊，虽然感到太不卫生，钱币上不沾满着细菌吗！但从形式上看十分吸引人，从含义，亦即从内容讲，又充分表达了发财、吉利的好兆头。我问大嫂：这是送汤吧？（家乡方言，亲家生了孩子，送贺礼谓之“送汤”，汤饼之喜。）她说是“剥壳”，即亲家孩子种了牛痘脱痂时也要庆贺的。

冷和热

事情记得清清楚楚，但忘了是在西藏的哪一个山坡上了。我和董希文一同写生，都画那雪峰，我们进藏五个月中反正经常在雪峰下讨生活。我的画架安扎在向阳坡上，大晴天，蔚蓝的天空衬托出白亮亮的大雪山，亮得几乎使人难以睁开眼睛。画着画着，太阳愈来愈温暖，愈来愈热，我于是开始脱去皮大衣，画了不一会儿，还得脱棉袄，奇怪，太阳几乎烫人了，灼热难忍，我又脱，脱得只剩衬衣了，才感到很舒服，在那高寒的雪峰下居然碰到这样一个温暖的天然画室，太美了，而且无风。下午三点来钟我的画结束了，译员和司机同志劝我快穿衣服，说太阳很快就要落山了，而我额头还冒汗呢。待穿好衣服，去找董希文，我还不知他在何处落户呢。他躲在阴影处，太阳整天没有发现他，他正披着皮大衣在颤抖，一面流着清水鼻涕，冻僵的手已显得不太灵便。“太阳下去了，太冷了，快收摊吧！”我催他，他说从早晨到现在一直就是这么冷啊！他根本没有脱过皮大衣。

误入崂山

1975年的夏天，我和青岛几个朋友一同去崂山写生，当时青山和黄山一带不让通过，吉普车绕道李村将我们送到华岩寺下渔村旁的一个连队里落脚。送到驻地放下行李后，小车就要回青岛，有人想了个好主意：我们随车回去，到北九水下车，然后从北九水翻山到华岩寺，据说只要两个多小时，这样对崂山先认识个全貌，以便以后慢慢选景。事情就这样决定了，司机也同意绕一点道先送我们到北九水。

我们在北九水吃了饭，问清了方向路线，出发进山时将近下午一点钟。一路美景可多了，茂密的林，怪样的石，还有被遗弃了的德国人盖的漂亮别墅。渴了，随时可遇到崂山矿泉，边走边评论景色，讨论构图，说说笑笑，无拘无束，像进入了世外桃源。然而不知从什么时候开始，早已看不出道路了，连人走过的痕迹也没有，我们仗着有六个人，不怕，朝着估计的方向攀登，爬过一岭又一岭，那山总比这山高，始终被陷在山丛中，总望不见海，渴了也遇不着矿泉了。日西斜，“着急”在每个人的心底暗暗升起，但却互相安慰，说没关系，离华岩寺大概不远了。傍晚了，天色暗下来，我想起白天解放军的介绍，说崂山里有狼，毒蛇也多，还曾出现过没有查清楚的信号弹……我们高高低低在杂草里乱钻，有时攀着松树跨过滑溜的峭壁，管它毒蛇不毒蛇，逃命要紧，首先要辨清海在哪一方啊！如今是方向也弄不清了，六个人又有什么办法呢，六十个人也抵不住黑暗的袭来。我们继续挣扎，但预感到糟糕的下场了。终于有人隐隐听到了广播，于是立即朝广播的方向进发，珍贵的广播声千万别停下来。我们猛赶，通身汗湿，广播的声音愈来愈近，得救了，终于在月色朦胧下绕出了山，进入了村庄，见到人家灯火时已近晚上十点钟了。这里属胶南县，我们所住的华岩寺渔村属崂山县。第二天，主人请我们吃了一顿最名贵的红鳞加吉鱼，由公社的拖拉机将我们送回崂山县住址。后来别人捡了一块很坚实的崂山石送我，我请王进家同学在上面刻了四个大字留念：误入崂山。此石迄今保存在我的案头。

想起了雪花膏

万幸逃出了崂山，深夜叩门，住进了生产队的一间什么屋子里。管他什么屋子，我们六个人挤着睡。德侬向谁提出意见了，叫他注意不要把两只臭脚伸在我的鼻子跟前，我说没关系，因我先天性嗅觉不灵。他们以为这是自我克制的托词，仍竭力重新安排他们睡的位置和姿势，反正怎么安排也是挤。

大约由于脱险后的愉快心情吧，我想起了一件几十年前的旧事，足以证实我的嗅觉确实先天不灵，不是为了客气。我讲开了：我在国立杭州艺术专科学校读预科一年级时，主要学素描，也学点水彩，还未接触到油画。比我高一班的朱德群已在课外自己试画油画了。有一个星期天，他叫我用他的油画工具也试试，为了节约，他的白色是自己调配的，装在一个旧雪花膏瓶里，他交代后便外出办事去了。傍晚他回来，一进门便说好香，原来我弄错了新旧瓶子，将一瓶真的雪花膏当白色颜料调入油画，难怪我感到油画真难画。这就是我用雪花膏画的第一幅油画。

遗忘了画箱

从乌鲁木齐到阿勒泰，新疆有关方面给我配了一辆吉普车，供我写生使用。但这条路比较艰苦，有的司机不愿去，有的青年太莽撞，领导又不放心，最后决定由一位老司机去。我从内心感谢这位老师傅，一路上同舟共济的生活使我们逐渐建立起真诚的友情，坐车的和开车的之间真能这样坦率、友爱地相处吗？他也许有些不解，便私下

问随我前去的同志：老吴是教授吗？

从阿勒泰市区到白桦林深处的达子湾山村，车虽只需走一个多小时，但路极其难走，坑坑洼洼，处处乱石挡道，车跌跌撞撞连滚带转着爬行，像一只受了伤乱窜的野兽，根本辨不清哪里算路。老师傅吃力了，我暗暗心疼他。

车停到了目的地，我们一车四五个人都是画油画的，画箱、板、水壶、干粮一大堆，大家立即七手八脚地帮着卸车，霎时间行装堆了满地，自然是年轻同志们手脚快，他们又坚决不肯让我插手帮忙。卸完车，老师傅还要跌跌撞撞地回去，晚上再来接我们。朝阳透过宁静的白桦林，洒到潺潺的溪流里，光影闪烁，对岸哈萨克的村落正被阳光照耀得通红，我们陶醉在这祖国边境的阿尔泰山麓了。大家开始选定对象，将要投入战斗。突然发觉不见了我的油画箱，遍寻不见，大家着急起来，他们感到比丢失自己的画箱更不安。再回到卸车的地点去寻，显然没有，会不会根本没有装上车呢？装车卸车大家抢着干，已很难记清楚细节，但我是明明白白将自己的全套画具先送到招待所门口的装车处的，我从来不会在出门之前遗忘画具，哪怕是一个夹子或一盒按钉之类的小用具也总是考虑得极其周密的。我凉了半截，别人也凉了，大家像面临了灾祸。于是阿勒泰本地随同来的同志让出他的画箱给我用，他说他以后来的机会多，这次主要看我画。木匠大都爱用自己的锯和刨，我一向习惯于用自己的画具，但这次也只好将就着用了。大家围着看我画，让画箱的同志更不断为我添挤颜料，我一面画，一面感到心里不自在。咕咚！咕咚！什么响？孩子们立即奔到桥头去，一辆吉普车闯入了宁静的山村，啊！我们的车回来了！老师傅说他到市里加油，发现我的画箱被遗忘在车里了，便立即赶着送来，我多么想紧紧拥抱他，亲亲他啊！

焚帐

在鼓浪屿写生，住在福建工艺美术学校的招待所，招待所是刚开设的，设备尚未搞齐，校方专门为我临时上街买了一顶价值四十元的方形尼龙蚊帐。白天我将蚊帐撩上帐顶，露出墙面好张挂未干的油画。

无锡轻工业学院造型系主任王一先同志是我的学生，他正好领着一班学生到厦门实习，碰见后他一定要让他的学生们来看我的画，说是难得的学习机会。白天我都在外作画，只有晚上在宿舍，便说定晚上来。他们从厦门渡海到鼓浪屿，到我房内时，临时停电，于是只好点煤油灯。青年学生们学习如饥似渴，他们擎着灯，贴近画面细细看，细细看，看了好久，灯光还是太暗，我感到十分抱歉，送他们走后总有些耿耿于怀。临睡时，蚊帐拆不开了，不知怎么回事。正好电灯也亮了，我仔细观察，才知是同学们擎着灯凑近画面时将灯举得太高，高温将尼龙蚊帐熔化了一大片！

夜缚玉龙

抗日战争期间，我们国立艺术专科学校从杭州迁到云南，又从云南迁到四川，中途，有几个同学不搭车，学徐霞客的样，徒步走上云贵高原。他们走进玉龙山，路上李霖灿同学给我寄来明信片，一面描写见闻，另一面是用钢笔画的玉龙山速写，真叫人羡慕，遗憾未能跟着去。从此，我一直向往玉龙山，她深深印在我的脑子里。

1978年我到昆明，便专程去访玉龙。在丽江街头遥看玉龙，高空中那点点白峰和几块小黑石，很不过瘾，尽管诗人们在歌唱。“遥看玉龙年年白，更有斜阳面面红”，但诗意重于画意，形象太远了，不能感人。进入山麓的黑水、白水地区，交通很不方便，我和小杨找到进林场拉木头的卡车，路险，卡车怕出事不肯拉人，感谢当地领导协助出了辆吉普车。暴雨天我们到达了林场，住进伐木的工棚里，用油毛毡补盖屋漏，铺板底下新竹在抽枝发叶。吃干馒头和辣椒，喝大块木柴火上煮得滚烫的茶，蛮好的，只是雨总不停，一天、两天、三天……似乎没有晴意。玉龙山在哪里？看不见，只在头顶上，云深不知处！她也有偶尔显现一角的时候，立即又躲藏了，像希腊神话中洗澡的女神苏珊，不肯让人窥见。我于是将铺板移到小小的木窗口，无论白天、黑夜，坐着、躺着，时刻侦察雪山是否露面。我悄悄地窥视，唯恐惊动她，若发现有人偷看，她会格外小心地躲进深深的云层里吧！一个夜半，突然云散天开，月亮出来，乌蓝的天空中洁白的玉龙赤裸裸地呈现出来了，像被牛郎抢去了衣服的织女，她无法躲藏了。我立刻叫醒小杨，我们急匆匆抓起画具冲出门去，小杨忙着替我搬出桌子，我哪里等得及，将大幅的纸铺在石板地上，立即挥毫。战斗结束，画成后，我一反平常的习惯，居然在画面上题了几句诗：

崎岖千里访玉龙，

不见真形誓不还。

趁月三更悄露面，

长缨在手缚名山。

肥皂的身份

每次到外地写生，画具材料必须准备得十分齐全。1978年到西双版纳，当时外地肥皂供应紧张，洗油画笔离不开肥皂，我带的肥皂有限，便分外重视，每次洗完笔，立即将肥皂收藏好，洗脸从不动用。日子久了，总得洗一次内衣吧，洗衣总不能不用肥皂。但洗衣和洗笔时完全是两种精神状态，洗笔必须严格要求，一丝不苟，洗衣服洗个大概就算了，往往还心不在焉。洗完衣服后突然想起肥皂遗忘在水池边了，洗笔时从来不可能遗忘肥皂，因肥皂重要性只同洗笔紧紧联系在一起，而洗衣服时便忘了其重要的身份了。我惶恐地立即奔到水池边去找重要的肥皂，不见了！

“脏饰”

1974年，我和黄永玉、袁运甫及祝大年从黄山写生后到了苏州，住进比较讲究的南林饭店。我们在黄山晒脱了一层皮，脸被风刮得枯涩枯涩的，头发蓬乱，背着那么多画具，一看就知是一群画画的。穿得整齐干净的服务员问：你们中有画油画的吗？他偏对油画感兴趣。永玉立即回答：老吴就是画油画的。服务员便转向我：小心别将颜色弄脏房间。黄山玉屏楼为游客备有出租的棉大衣，几乎每件棉大衣上都抹有油画颜料，招待所的褥子上也常擦着油色，画家太多了，油画家尤其讨厌！我要学学我们宜兴的周处严格要求自己的作风，不让别人认为是一害，不让别人讨厌油画。我每次作完画，总用棉花将染在地上的颜料擦得不留一点痕迹。大概是在角直的旅社里，有一回擦洗洗过笔的脸盆，用了许多肥皂和棉花还是擦不干净，怎么回事呢？仔细观察，那不是我弄上去的颜料，原来那是属于脸盆本身设计中的色彩！是装饰艺术，不是“脏饰”艺术！

冰冻残荷与石林开花

夏天，北京的北海公园里映日荷花别样红，确是旅游和休息的胜地。我长期住在北海后门口，得天独厚，当心情舒畅的时候或苦闷的时候，便经常进北海去散步。“四人帮”期间的一个隆冬，我裹着厚棉衣因事进入北海，见水面都早已冰冻三尺，但高高矮矮枯残的荷叶与枝条却都未被清理，乌黑乌黑的身段，像一群挺立着的木乃伊。齐白石画过许多残荷，但何尝表现出这一悲壮的气氛呢？这使我想起了罗丹的雕塑《加莱义民》。强烈的欲望驱使我要画这冰冻了的荷尸，我想还应该添上一只也冻成了冰的蜻蜓。亲人和朋友们坚决制止我作这幅画，我没有画。

1977年我到云南石林写生，石林里都是石头，虽具各种状貌，但也还是僵化了的石头嘛！然而石林里开满了白色的野蔷薇，都是从石头缝隙间开出来的。“四人帮”倒台了，我心情很舒畅。倒台前知识分子们的心情能舒畅吗？我曾以为冰冻的荷尸正是自己的写照呢！我于是大画其石林开花，还题了一句款：今日中华春光好，石头林里也开花。

忆苏伊士运河所见

现在从北京直飞巴黎，只13个小时，很方便。三十年前我们留学生从上海乘船去欧洲，航行一个月，太慢了，不方便吧，但这种美好的旅行今天已很少有人能享受到了。船过苏伊士运河，在塞得港要停留很久，许多当地的小木船便向我们的大海轮围来，木船上的埃及人来卖手工艺土特产：皮包、地毯、壁挂……大船高，小船低，买卖彼此联系不上，于是埃及人果敢地爬上小船的桅尖，在摇摇欲坠中挣钱。他们那干瘦的身影，晒得焦黑的皮肤，在我刚离开的祖国的农村里是到处可见的，虽已是遥远的异域异国了，贫穷和苦难总是那么相仿。天热，水里浮游着成群的儿童，从大船高高的甲板上凭栏向下看，赤裸着的孩子们在水中灵活地出没，像许多可爱的青蛙。孩子们要钱，船上的旅客抛下硬币去，硬币扑通扑通沉入水底，孩子们立即钻入水底，一个一个捡出来了，将捡得的钱高高举给抛钱的旅客们看，满脸欢喜，旅客们看了也十分高兴，满足地笑了。有旅客抛下半支点燃的纸烟，孩子举手在空中接住纸烟，将燃着的烟含进嘴里，再钻入水中去抓那位旅客紧接着抛下的钱，抓出钱来举给旅客看，再取出嘴里的纸烟，那烟仍未熄灭。三十年过去了，我不会再过苏伊士运河了，却永远清晰地记得这群活泼可爱的青蛙似的儿童们。

（1998年）

心灵独白

一

品尝了西方的禁果，又不愿被逐出自家东方的伊甸园，确有这样的现代亚当和夏娃吧，我属于他们的后裔。

鸟恋故枝，即便是候鸟，也爱寻找自己熟悉的旧栖。三十年江南四十年江北，大江南北孕育了多少瓜——苦瓜或甜瓜，但缺不了滋养：雨雪风霜。

朝暮所见、所思，人物山川牛羊，都属家乡，都属东方。“外师造化”，虽有祖传，但毕竟不如西方手法多；西方作家岂不知“内得心源”，但“心源”之源涌于如来佛的手心——母亲。生活经历与思想意识我都曾属于浪子，被排斥、批判，然而我却应验了我们民间的俗语：“家鸡打得团团转，野鸡不打满天飞。”幸乎不幸乎？我苦恋于家园，沁入画面的总是东方情思。

二

画之余写文，情思无法用形象表达时也写文，文章是自流而出的，“写不出的时候不硬写”，我遵循鲁迅先生的教导。

作为专业画家，逆水行舟，画不出的时候也往往硬画。每当背着沉重的油画箱在深山老林或穷乡僻壤作完一批画，将作品包扎装了箱，收拾好画具，在等船候车的归途中，便是我写文的时候了。写见闻、写情思，虽然也煞费心血，但比之在风里雨里搏斗着作画，安宁舒适得多了。其后，每在家里连续作画一时期，画兴尽，不得不停笔整休，于是文思又袭来，便又写起散文来。写文章是我作画生涯的调剂，约稿难免拘束，故我总是自己先有文章后投稿。

三

白桦树上长着眼睛，那眼，只有弯弯的上眼睑，没有下眼睑，是秋波，悄悄窥人。悄悄窥人的岂止白桦，年年走江湖，我经常碰见顽石点头，倒影蹁跹，雪山出浴……画意与文思相缠绵。绘画，以其独立的视觉美感人，不依赖诗文的辅助，更非文学的注释或图解。然而，形象的意境，或有意味的形式中确凿存在着画意。这画意往往不易被分离出来。作完画，我偶或勉力剖析潜伏其间的意蕴……

有时，多次画想表现的意境，总画不好，原来那美感并不显示在单一的具象中。日益明悟：画意与文思若即若离，却并非一回事。于是改用文字来捕获文思，抒画笔所难抒之情……

画意与文思都源于自然与人间的启示。自然太阔大了，与宇宙太空没有界限；人间是现实的，现实有局限，于是人们创造了桥，通向天的桥，鹊桥。我也常常试造通向太空的桥，从具象通向抽象的桥。于是，画意与文思经常在桥上邂逅。

四

因为学中国画，便读了一些古典诗词，偏爱李清照、李煜、李商隐等一批杰出的作家。但自己主要精力都掷在绘画中，毕竟只是个手艺人，读书的时间太少，知识面窄，营养不良，文学功底不够深厚。抗战时期在国立重庆大学任助教时，旁听了中央大学中国文学课程。后来又主攻法文，读莫泊桑、福楼拜、巴尔扎克、雨果等19世纪法国作家的作品，啃他们的原著，逐字逐句咀嚼，翻破了几本法文字典，品尝他们各人的性灵，欣赏其深厚、娴熟的文字功力。因为想到法国留学，就这样专攻了四年法国文学，暂时搁下绘画，以上就是我在文学方面的全部家底了。

五

形式美感来源于生活。

我年年走江湖，众里寻她千百度，寻找的就是形式美感。正同我的感情是乡村山野培育，忠实于自己的感受和情思，挖掘出来的形式美感的意境便往往是带泥土气息的。

一九八五，
吴冠中

六

凡·高是伟大的人道主义者，他不仅深深同情劳苦人民，而且将自己的命运同他们紧紧联系在一起。穷困的凡·高被视为流浪者，他生活在社会的底层，资本主义社会里找不到他对号入座的职业，他为矿工们传教，想拯救他们，终于失败了。他狂热的感情找不到依附，像溺海的挣扎者最后摸着了救生圈——绘画，在他自己独创的绘画的强烈的形和色的视觉世界中倾泻他热爱人间的泪和血。他用前所未有的色彩表达惊人的感情。他画的《向日葵》是一群欲呼喊的人像。他画的草椅上的一只烟斗使你感到要为生活而哭泣。他在《夜咖啡店》中用白热化了的骇人的明亮调子表现黑暗的力量，邪恶的力量，表现黑夜！

可怜的凡·高只活了37岁，终于精神失常而自杀了，他只画了十年画。他的画不是手的产品，是用灵魂画的，谁也无法模仿。

七

根不着泥土的水仙也开花，那是依靠去年储备的营养，并且翌年也就萎谢了。山桃、野杏离不开土壤，它们因根着土壤而年年成长，年年开花，随着岁月的推移，躯干枝条逐年苍劲多姿。画家、作家都愿获得桃杏那种顽强的生命力吧，我是这样向往着的！

八

土土洋洋，落叶归根，还是落实到土，落实到人民的感情上。无论用油彩，还是用水墨，工具虽异，追求却一以贯之，我数十年来在孤独中探索的只是人民的情意与情操。不管我有没有探索到矿藏，但毕竟留下了脚印！如我步入了迷途，也愿我的脚印给有力的拓路者们提供前车之鉴。

九

活跃的思路绝不等于艺术的成熟。

艺术是果，成熟得慢。转石不生苔，作者需要宁静。踏踏实实，不受名利诱惑，忠于自我感受而甘于寂寞耕耘，才能修成人间正果。

十

在协和广场一角的奥朗吉博物馆底层，几幅巨幅睡莲就依照作者的遗志展开在四墙。全世界爱好美术的朋友们经过巴黎，都可进入莫奈的池塘去感受这位印象主义大师心脏的跳跃！莫奈在冷嘲热讽中奋斗了一生，做出了杰出的贡献，受到全世界美术界的崇敬，为法兰西争取了崇高的荣誉。在他的晚年，作为保守派堡垒的法兰西学院不得不承认他的艺术，让他坐第一把交椅，请他进法兰西学院去，但被他婉言谢绝了。

十一

艺术观察中有个核心之宝，是一把金钥匙：错觉。错觉之母是感觉，感觉之母呢？是感情。习作与创作之分野，往往始于错觉。

错觉，于文学创作，应是灵感，是紧随灵感而来的联想、提炼、想象、醇化、升华……

十二

我有一句屡遭批判而至死不改的宣言："造型艺术不讲形式，那是不务正业。"形式美的基本因素包含着形、色与韵，我用东方的韵来吞西方的形与色，蛇吞象，有时候感到吞不进去，便改用水墨媒体。这就是我20世纪70年代中期开始大量作水墨彩，一把剪刀的两面锋刃，试裁新装，油画民族化与中国画的现代化，在我看来是同一实体的左右面貌。

十三

安徒生不是首相，议会大厦里当然没有他的肖像。他的肖像出现在书店里、商店里，出现在全世界，全世界都有《卖火柴的小女孩》。到哥本哈根的人们并不想去看议会大厦里历代首脑们的肖像，而大都愿渡海去寻安徒生那几间简陋的小屋。其实，旧居有什么可看呢？一样的平民或贫民生活，从曹雪芹、鲁迅、雨果、都德、莎士比亚、米勒、凡·高等人的故居中，绝不会见到预示着将出现伟人的圣光；圣光也许是有的，那就是民间甘苦。我的友人看了安徒生故居后说，他早年学英文时，有两篇文章给他留下最深刻的印象：《卖火柴的小女孩》与都德的《最后一课》。显然，国家贫穷又不断遭侵略，便是我们这一代人年轻时心理结构的基本因素。安徒生故居高悬着国旗，这是丹麦人的骄傲。如果遥远国度里，有孩子说不清丹麦的位置，只需启示他：就在安徒生家里。

十四

鲁迅先生说："竭力将可有可无的字、句、段删掉，毫不可惜。"

马蒂斯说："画面绝不存在可有可无的部分，凡不起积极作用，便必定起破坏作用。"他与鲁迅先生的体会真是完全一致。"删繁就简三秋树"，郑板桥的艺术也以洗练胜。

品味出丰富与烦琐、单纯与单调之区别的观众并不多，这是社会审美水平的标尺。

十五

……在永乐宫这样辉煌的巨幅壁画前，观众寥寥；而许多寺庙里匆匆赶塑起来的丑陋菩萨前却往往人潮拥挤，香烛不绝——毕竟求福的人多，审美的人少！

十六

水仙不接触土壤也开花，我却缺乏水仙的特质，失去土壤便空虚。

在法国留学的时候，别人欢度圣诞节，描绘圣诞节的欢乐，我想的却是端午节。耶稣与我有什么相干！虽然我也没有见过屈原，但他像父亲般令我日夜怀念……我不是一向崇拜凡·高、高更及塞尚等画家吗？为什么他们都一一离开巴黎，或扎根于故乡，或扑向原始质朴的乡村、荒岛？我确乎体验到他们寻找自己灵魂的苦恼，以及他们道路的坎坷。我的苦闷被一句话点破了："缺乏生活的源泉。"

十七

绘画这种世界语无法撒谎，作品中感情的真假、深浅是一目了然的。这不是比赛篮球，个儿高的未必是优胜者。留法三年公费读完了，苏弗尔皮教授问我，要不要他签字替我申请延长公费。我说不必了，因我决定回国了。他有些意外，似乎也有些惋惜。他说："你是我班上最好的学生，最勤奋，进步很大，我讲的你都吸收了。但艺术是一种疯狂的感情事业，我无法教你……你确乎应回到自己的祖国去，从你们祖先的根基上去发展吧！"

十八

我住在农民家，每当我作了画拿回屋里，首先是房东大娘大嫂们看，如果她们看了觉得莫名其妙，她们会诚实又谦逊地说："咱没文化，懂不了。"但我深深感到很不是滋味！有时她们说，高粱画得真像，真好。她们赞扬了，但我心里还是很不舒服，因为我知道这画画得很糟，我不能只以"像"来欺蒙这些老实人。当我有几回觉得画画得不错，她们反应也强烈起来："这多美啊！"在这最简单的"像"与"美"的评价中，我体会到了农民们朴素的审美力。文盲不一定是美盲，而不少人并非文盲，倒确确实实是美盲，而且还自以为代表了群众的审美与爱好。在华山脚下，有些妇女在卖自己缝制的布老虎，那翘起的尾巴尖上，还结扎着花朵似的彩线，很美。我正评议那尾巴的处理手法，她解释了：不一定很像，是看花花嘛，又不是看真老虎。

十九

许多很有希望的画家，出国了，不回来了，成了流浪的吉卜赛。就像桃树开花了已结了小果，却又移植到异国土地上，失掉了母体的营养，是否能成活、开花结果呢？石鲁如果到了美国不回来，就没有石鲁；鲁迅如果当年不从日本回来，也就没有鲁迅。

我这个苦瓜，只能结在苦藤上，只有黄土地的养料适合我生长。

二十

我爱人民，我的整个生命投进了这爱的旋涡，作品是连绵不绝的旋涡的凝固吧。我深信：今天的人民和明天的人民，永远欣赏烙印着真挚感情的作品，而不限于形式的具象或抽象。

二十一

血管里流出来的都是血，作者的作品虽有质量的差异，但明眼人都能在任何一件作品中触摸到作者心脏及脉搏的跳动。

二十二

鹿死于角，獐死于麝，我将死于画乎？

二十三

以往，中国的科学家只能到外国才获得诺贝尔奖，因为我们贫穷，设备落后的实验室难于培养科学尖子，利用人家的有利条件发扬了中国人的智慧，也从而促进、带动我们科学的发展。文学艺术的成长都不依赖设备完善的小小实验室，整个自然和社会才是她真真正正的实验室。我们的实验室里并不贫乏，这里具备成长最伟大的文艺家的条件。屈原、杜甫、曹雪芹够不够诺贝尔文学奖水平？我说胡话了，那时诺贝尔还没有诞生。诺贝尔诞生后，我们的民族不幸，遭到一系列的歧视与凌辱，我们的文学家和文艺作品不为人知，没有得到公正的评价。公正的评价一定会到来的。这同步于我们的国家正走上兴旺的大道。

二十四

看画，大家能看，看那画里的形象，评头品足，画得“像”些，声名鹊起，于是竖起了名画家的偶像。然而对美的感受与识别，人们的水平千差万别，美盲确乎要比文盲多。要普及和提高美育，任务何其艰巨。外国传教士郎世宁以西方写实手法的“肖似”来取悦皇帝，其实是蒙骗了无知的皇帝。郎世宁的努力对中西绘画的交流确也起了早期的垫脚石作用，但他无视关键性的审美功能，他不理解东方的审美情致，他只停留在西方审美的低层次上。也许他留下了有文物价值的画图，但他堵塞了中西绘画高层次的审美比较和交流。是彻悟东、西方艺术精髓的林风眠，在审美领域中致全力于结合双方的优点和特色，创造了丰富、新颖的审美境界。他是东方的，也是世界的。他的绘画语言无须翻译，他的作品无须注释，更不用文字的题跋。他在传统绘画中从事形式感的革新，鞠躬尽瘁。

（注：“皇帝”原为“西太后”，根据作者意见改为“皇帝”。）

二十五

在法国留学期间，有一回在卢浮宫，遇到一位小学教师正在给孩子们讲希腊雕刻，她讲得很慢，吐字清晰，不仅讲史，更着重谈艺术，分析造型，深入浅出，很有水平。我一直跟着听，完全听懂了，很佩服这位青年女教师的艺术修养。比之自己的童年教育，我多么羡慕这些孩子啊！最近几年，美育终于开始被重视。我希望，若干年后，那些难看的用品，以及那些费了劲制造出来的丑工艺品将无人问津！

二十六

北京举办的亚运会洗刷了“东亚病夫”之耻辱，但亚运会与奥运会尚有差距，有人认为亚洲人的体质及食物结构等等处于劣势，不易与西方人较量。但不少世界冠军，不论是美籍或加拿大籍，其实都是黑人，是非洲人。如果处于劣势的尚可赶上去，则中国人的智慧决不处于劣势。我们盼望文学艺术的奥运会！我重复我对文学艺术的信心：中国的巨人只能在中国土地上成长，只有中国的巨人才能同外国的巨人较量。

二十七

画家最易制造伪作，我说伪作，非指假冒他人之作，而是说徒绘物象之外貌，并无感情投入，涂抹得毫无性灵，伪作艺术，比如文学作品的不知所云。应该承认画家是手艺人，同是手艺人，情意有浅深，品位有高低。技巧的高低须凭功力，而品味、品位是素质，这根本性的素质改造不易。有人夸夸其谈，一看其作品，真伪立见。唯有作品，最赤裸裸地揭示了作者的灵魂。

二十八

美术美术，掌握“术”容易，创造“美”困难。

二十九

评画，我从远处看画面的造型性，看造型设计的效果；我走近画面抚摸作者心脏的跳动，探其心律。但请不要向我解释，我是聋子，我眼睛不瞎，只通绘画的语言。

三十

法国文化部授予我“法国文化艺术最高勋位”，巴黎市市长又授予我“巴黎市金勋章”，不少当年的老同窗从海内外来信祝贺，他们确认我当年从巴黎回国的选择是正确的，有胆识的。但半个世纪的旧事重提，仍触动我的心弦，因我当年只能做一次选择。至今步入暮年，仍无法对自己的艺术生涯做出结论，也许我以一生的实践提供人们一个做比较研究的例证，是功是过，任人评说。

三十一

我深信人民理解的到来，或早或迟。我无安泰之大力，但与安泰共有母亲！

（2000年）

美学小札

一九八七年吴冠中
于北京龙潭湖畔

井冈山写生散记

在我的概念中，上井冈山是多么不容易的事，然而今天，要到祖国任何一个角落，都是方便的事了。从北京出发，火车换汽车，汽车又换汽车，便可以直达井冈山的心脏茨坪。茨坪是当年工农红军的政治中心，也是今天井冈山的建设中心。这里有新建的综合垦殖场总部、共产主义劳动大学、天文台、交际处、大礼堂、酿酒厂、敬老院、卫生所……绿窗红瓦，已是热闹的山城，紧张的工地。

我在井冈山饭店的楼上，开窗远眺，山色苍翠，空气新鲜。不过我不能轻松地住下来，每天得背着笨重的画具爬数十里山地。为了要画五大哨口之一的朱砂冲，我住到离哨口尚有十余里山地的村子小行州。刚到小行州垦殖场的分队里时，一个人也不见，等了片刻，从河边回来一位年轻姑娘，看样子不是本地人，是下放干部？又似乎太年轻。她看过我的介绍信，招待我放下行李，说队里的人和负责同志都在山上劳动，要晚上回来。我问她是下放干部吗，她骄傲地说：“不，我们是上海青年，是志愿来开发和建设井冈山的。一共来了好几百人，散在各分队里，天天上山劳动，我今天值班做饭。”晚上，这分队宿舍的小木楼里很热闹，笑声、歌声，叽叽喳喳一片上海话，其中居然还有我的小同乡宜兴人。分队的负责同志是南昌来的下放干部，火热的心肠。他引我去访问老革命李同志，替我当翻译。李同志八十来岁了，住在整修过的高大房屋里。他说毛主席来到这里开会期间曾在他家住过十四天，毛主席的年龄生日他都记得清清楚楚。凡是北京来的人，他都觉得是亲人，因为都是毛主席派来的。他喜欢每一个访问他的人都留下姓名地址，我想他家的干部名册已是厚厚的一大本了。

从茨坪到朱砂冲的哨口，丛山数十里，竹木成林，青绿连绵，有石壁、瀑布、山村、水田、湍急的河流、崎岖的险道、满山的杜鹃花……如何来表现这革命摇篮的雄伟与秀丽的风光，真不知从何处开始着手点染。我决定试作一套风景组画：从一个哨口入山起，进入心脏茨坪，最后到达大井毛主席故居。像我一样渴望瞻仰井冈山风光的人们一定很多很多，我的意思是想以这套组画来聊解他们的渴念。但恐效果正相反，组画哪能表达井冈山风采于万一？山中气候一时三变，天天得碰上点雨。阴天倒并不害怕，我觉得处理阴天的画面也别有意味，只怕下雨。深山又无躲雨处，每遇到雨，人披着雨衣，画覆上油布，相对无言。每天出门匆匆抢时间，跑得满身大汗，停下来作画，山高风冷，寒气袭人，我天天闹感冒好不了，加之中午不吃饭，人，确是累，心，却是热，一股巨大的力量在支持着，那就是：井冈山。

幸运的是，当我们到达毛主席故居时，天气豁然开朗。白云在蓝天上飞驰，飞过一个又一个高峰，飞过毛主席故居的头顶。井冈山中绝大部分民房都曾被白匪烧毁，毛主席故居也只剩下一段残壁。但兀立在壁后的那苍劲浓密的老树显得精神分外抖擞，我苦于调不出最浓重的色彩来表现这钢铁似的老树。从老树枝旁看过去，一排排新建的住房，楼上楼下，桃红李白，这是人民公社，也仿佛是桃花源中。

在井冈山住了不到二十天，雨渐多，几乎无法再作画。我使用井冈山的木头钉了一只大木箱，装着一点辛劳的成果“井冈山风景组画”，便匆匆向井冈山告别，踏上到瑞金去的路途。

（1959年）

贵州山丛寻画

我从来不以“叶公好龙”来讽嘲自己。我好深山老林、原始森林，也多次冒险进入这些林子里写生。我到过西藏高原、井冈山、武夷山、玉龙……这回到了贵州，也还要找原始森林。同志们介绍我到雷公山去。雨多，林里坡陡路滑，靠向导砍来的一根竹杖，我们才能一步步在陡坡边挪移。我体会到这一竹杖仿佛是山羊的一条腿，山羊之所以能依峭壁行动，因为它有四根竹杖啊！雨衣并不顶事，裤腿湿透了，在雨打的茅草中穿行，哪有不湿的，湿透裤腿算得了什么。我担心的是毒蛇，虽然人们说山高天冷，没有老蛇，但我还是遇见了几次小蛇，也不知它们有毒无毒。手背上常出现些小红丝叶，我将它们拂去，一会儿又沾上了，细看，原来是被茅草割破的血线，那茅草叶大概是世上最细微的锯子了，锯而不痛。我不是徐霞客，我的目的是作画，千里迢迢而来，为的想捕捉粗犷原始之美。虽天天落雨，还是要画，把雨伞扎在画架上，用大块塑料薄膜张挂在树枝间聊作帐篷，却不理想。小杨同志念我来之不易，往往打着雨伞让我勉强作画。

从住地步行到响水崖瀑布，约三个小时。但在公路边遥看那三折白练，感到很不过瘾，我们要接近它。事先也曾打听过接近的道路，但很少人走过，只获得一些概念性的指导，没有找到确曾到过的实践者。我们从瀑布斜对岸一处农田边的下坡小道入口，一直下到陡坡丛林，再往下便没有路了，坡极陡，我是下不去了的。眼看着底下那白亮白亮的唱着跳着的溪涧，它就是被瀑布推送出来的。老闵同志下去了，我不断地问：行吗？其实他自己也一直处于侦察的未知数中，但总大着胆子说：行！行！渐渐他的声音已遥远，互相呼喊都听不到了，只剩下潺潺的水声永远在呼唤。我已行年六十有二，早过了不惑之年，人老骨头硬，是跌不得，不能冒险了的。但不知怎的，就像儿童似的，我竟不考虑后果爬下去了，攀着树枝和树根。有些树其实是朽透了的木灰，被我扳倒，自己险些滚下去，惊出满身大汗。但已到了进退两难的地步，只好硬着头皮继续爬下去。好不容易侥幸抵达了溪边，逆水上溯瀑布，却依然无路，还是过不去。遇到一个在水里推送木头的老乡，问他爬上山去的小道，他说根本没有，还得从下来的那陡坡爬回去。后怕犹在，我真感到胆怯了。心想，这是我这辈子最后一次冒险了。但大自然无穷的生命力永远在吸引人，谁真能保证老年人就不再着魔啊！

啃冷馒头，喝冷水，生活的艰苦我们是全不在乎的。今天能进得这深山来，还是靠建了微波站，通了公路，我们才能在微波站落脚。站建在海拔两千几百米的最高点，空气终年寒冷潮湿，室内横杆上不断滴水，棉被都是湿漉漉的，在室外站一会儿，须、眉、头发上便结了一层白白的薄霜。人们长期在这四无人烟的环境中工作，生活是单调的，但正是为了使偏远山区的人民看到电视，必先有人付出生活单调的代价。

暮色已浓，明月悬于高空，前后左右黑沉沉，大山显得分外厚重，直向我压来，使我感到自己真正处于贵州山丛中了，这也正是我在白天未能追寻到的艺术幻觉。从雷公山到凯里，为了赶路，我们夜行，在吉普车中紧张地观看瞬息万变的江山剪影，真有点近乎悲壮之美。村寨人家高低错落的灯光隐隐剪出了木屋多姿的身段结构。一切统一在伦勃朗画面的背景中，只车灯强烈的黄光射向前路。突然，迎着灯光出现了一群盛装的苗家姑娘，我几乎要惊叫起来，向我身旁的小杨兴奋地谈着应抓住这一动人的画面。话没讲完，苗家姑娘的队伍却愈来愈长，愈来愈壮观。我们谈不下去了，车只能在人群中缓缓而行。高高的芦笙横斜，雄壮的马匹嘶鸣，一辆辆崭新的自行车……姑娘们墨黑的衣裙和华丽的花饰对照着小伙子们敞开的白衬衣和红背心，在壮丽的夜色中，在粗犷的山野线条中，错综复杂的镶嵌式的色块在活跃，令我叹为观止。昨天农历七月十五，是新谷登场的吃新节；今天白天斗牛，我们碰上的已是狂欢归去的人群了。我未有一睹斗牛的好运气，我无法想象这山区斗牛的豪迈场面。

汽车驰了二十多分钟，才穿过人们活动的中心地带，许多卖吃食的摊子还未收尽。司机不断按着喇叭，艰难地通过拥挤的人流，半小时内仍断断续续看到三五成群归去的苗家姑娘，都是背影了，背影依然很美，只是画卷的结尾了！

从寂寞的雷公山来到锦屏，回到了熙熙攘攘的人间，感到最吸引人的还是生活气息。锦屏是深山林区中一个比较干净的小县城，清水江、亮江等三江相汇，林木蓊郁，江水澄碧，完全不是我担心的穷山恶水的贵州野镇。画意正浓，可是托运的画具未到，若有差错，则此行休矣。急得我吃不下饭，县委李书记也十分关心，陪我们到车站设法打电话、发电报查问。原来是锦屏行李房保管员格外慎重，将我们的画具锁到一间特别安全的小室，而他又刚好因事离开了，故别人都以为画具未到，真是一场虚惊。

有人出了一个美好的主意：坐船溯清水江而上，沿途画两岸的佳境。那是一只小船，安装了一个三十匹马力的马达，快速如箭穿，飞驰在清清蓝蓝倒影摇曳的宁静江面，真是春水船似天上坐。然而好景不长，立刻就碰上波涛奔啸的险滩，急流恶浪迎头扑来，把船冲向高坡。浪头像一个个淘气的娃娃直撞我们的胸怀，撞碎后又顺着裤腿流泻舱底。衣裤尽湿，谁也不敢动一动，因舵手预先交代，千万不可在船中走动。我抱着专门为我准备的救生圈，感到特别紧张，因我不会游泳，又曾遭遇过一次覆舟的事故，已是惊弓之鸟，险滩一个接一个，几乎每隔三百来米便得紧张一次。我着实后悔此行了，尤其过那大广滩，当地民谣说十船过去九船翻，无怪一群赤裸着的少年叠罗汉似的趴在江中一块巨石上，好奇地观望着我们在急流中搏击。刚过险境，我忽然感到刚才见到的那群裸体少年真是绝妙的人体美构图，赶紧回头去看，他们正扑通扑通一个个跳入急流中去。江上船只极少见，但见木排不断。两岸杉木浓密，远远看那山腰伐倒的木头，仿佛是打散了的火柴棍，那是林区人民的粮食。他们说：篙子下水，老婆夸嘴；篙子上岸，老婆饿饭。

喜从天降，尚有一次斗牛的盛会，一年一度，锦屏、剑河、天柱三个县的老乡都要前去观光、赛歌。还有特地从湖南赶来的，有上万人呢！汽车开到不能再前进的地点，我们开始爬山。路险难爬早在预料之中。要爬多远？有说十八里，有说二十里，有说三十里。爬了个把小时，那斗牛的寨子高霸已遥遥可见。它坐落在最高的大山脊上，真是望山跑死马！松、杉、庄稼与野草，四野一片青绿。从高处环视四周，稀疏的行人的白衬衣分外醒目，就如大海中远远的白帆。面前是深谷，遥看谷底溪涧急流，泛着点点白色的浪花，在曲折处可隐隐辨出小小的木桥。四野稀疏的“白帆”都渐渐集向谷底，连成一条蠕动的行列，又缓缓向山脊爬行，其间点缀着鲜明的大红伞。大着嗓门向对岸上了坡的熟人打个招呼吧，你如要赶上他，下坡上坡还需要两个小时。当我爬得汗流浃背喘不上气时，背后突然发出一声嘹亮的歌声，猛回头，那是一个粗矮粗矮的山里姑娘。我几乎不信她会唱歌，但你能说她日后不是举世闻名的歌唱家吗？中国的凤凰十之八九都是诞生于鸡窝的。下午两点多钟了，总算快爬到了，大树荫下，侗家姑娘们从小背包里拿出小镜子来打扮，换了衣服。我先还以为她们的小背包里装的只是干粮呢！

斗牛的场地并不大，四周被高坡围住，坡上是高高的木楼，坡上、楼上，凡是能插脚的空隙，都塞满了密密麻麻的人头。那是古罗马斗兽场场景的浓缩吧！两个小小的进口相对着，正好是战斗者双方的入场口，面对面。它们一见面便以犄角相撞。短短一二个回合，人们便放起鞭炮来，在牛背上披盖起大红的花布。硝烟弥漫，粉碎了的鞭炮红纸撒满战场，欢笑声、歌声与牛胸前的铃声闹成一片。强悍的武打演出在高山的露天剧场进行，舞台布景是数十棵高耸云霄的大树。我并不关心牛的胜负，也无意观察它们之间的几种斗法。我并不是来看“牛打架”的。我不辞辛苦，爬数十里艰险的山路是专程来看人的。我爱看人们的节日，看节日人们的欢乐，只因赶路，可惜未能看到夜晚的赛歌！偏远山区的人民辛勤了一年，难得有个节日，从数十里、一二百里外赶来过节。大城市大剧场中的观众们很难享受到这种莫大的愉快。

（1981年）

百花园里忆园丁
——寄林风眠老师

今年春天经杭州，特意抽暇去白堤寻找母校——前国立杭州艺术专科学校的旧址。房屋大都已拆建，面目全非，只当年的大礼堂和陈列馆还在，也已显得是小小的旧建筑了，但它们在我的心目中却仍很高大，多少青年曾在此受到了艺术的启蒙，同学中不少已是国内外知名的艺术家，他们在艺术中做出了贡献，他们永不会忘记林风眠老师。

林风眠老师任校长时，杭州艺专对西方现代艺术采取开放态度，因之年轻的同学们很早就体会到绘画中形式美的重要性，练基本功的同时就着意讲究色彩、线条、节奏、韵律……我们感激青年时代的有益的教学指导，幼苗的成长靠了园丁的智慧和辛勤的培养，“智慧”比“辛勤”更重要，无知的园丁曾经糟蹋过多少苗圃！

林风眠在教学中对西方现代艺术之所以采取开放态度，是因为他

太湖湖畔舊家鄉，
白髮游子苦思量 吴冠中 九二

自己钻进去认真学习过、研究过，他懂，懂了就不怕。电工不怕电，指挥电操作。从西方学习后回国的林风眠也曾一度在《人道》《百年树人》及《痛苦》等作品中用西方的手法间接反映中国社会的苦难，寄寓了自己的憧憬与情怀。但他并没有坚持走社会革命的路，而走上了艺术革命的路，他给同学们的纪念册上写过：为艺术战。回顾老画家七十来年的创作实践，我意识到他的“战”的对象：与庸俗战，与因袭保守战，与生搬西洋战。他那时代，还没有概括洗练了的准确语言：古为今用，洋为中用。

同学们都说，林先生慈祥，林先生一颗童心，林先生是真正的艺术家！在旧中国，当高等学府的校长，与官方及社会的各方面打交道中仍保持纯真的童心容易吗？哪里去寻找藏冰心的玉壶啊！作品透露了作者的内心世界，我感到林风眠对污浊的社会是躲，“躲进小楼成一统”，他躲进孤独，他寻求宁静，他咀嚼寂寞！叶丛中悄悄的猫头鹰、残枝上缩颈的寒鸦、苇塘里的孤鹭、无人的野渡、天涯的渔舟……敏锐的感觉和抒情的意境并不能很快被理解和欣赏，作品一直遭到各方面的非难。20世纪60年代在北京举办了林风眠画展，引起了波澜，赞誉和批评尖锐地对立起来，这是好事，是对作者极大的鼓舞。当极左思潮占上风的时候，在国内看不到林风眠的原作及印刷品了，只一次在《小朋友》刊物上出现了一幅林先生的画，我当时不禁有些感慨，但忽然又明悟到，其实作品是发表在最合适的场所了，童心对童心！

概括地看，相对地说，西方美术偏重于形与质，而中国美术则更珍视神与韵。无论在西方和东方，都有不少画家在探索两者的结合。

这其中，郎世宁着意刻画了形似而丢失了神韵，是失败的例子。“形象”是客观存在，并非所有的形象都美，画家的慧眼就在于能识得形象中的美，把握住构成其美的因素，抽出这些因素，突出表现这些因素，令观众一见而共鸣！郎世宁不见韵律之美，他被对象的皮相牵着鼻子走，“谨毛而失貌”，求媚而失美！倒是凡·高及马蒂斯等人无须取宠于皇帝，他们作品中汲取了东方的韵律感，是西、中结合的成功经验。中国的造型艺术，从宫廷到民间，从工笔到写意，从壁画到工艺品，优秀的作品都明显地贯穿着优美的韵律感。林风眠绘画的中、西结合就是以中国的韵律感为骨干，画面中“形”的变化转折服从“韵律”的指挥，一如声腔决定吐词发音的短长。他经常采用静止的面与动荡的线的复合，仿佛是面与线的二重唱。面，似低声，奠定了客观实体的基本特征；线，似高音，强调形与形之间的呼应与节奏，线之活跃冲撞着面之严肃。丢非（Dufy）为求画面的轻快活泼，也曾采用大量的线来打破严肃的面，但丢非的画失之松，多半流于轻浮与滑溜感。出入于中国传统的林风眠则在沉着中忌刻板，他的画并非轻盈的微笑，相反，常蕴含着淡淡的哀愁。

“缠绵”是林画的特色，“饱满”是林画的另一特色。他的画幅多方形，画中内涵多圆形。方与圆其实是一致的，方圆相套时适应得很协调，就像骑跨在扩张与收缩的边疆上，最充分地托出了量感美：满满墩墩。团团的大理花、团团的罐、大团小团镇坐画幅中堂，排斥尽空虚与懒散。一丛浓艳的弧状鸡冠花盛在弧形的盆里，高处的弧线紧紧拥抱着低处的弧线，炽烈的感情溢于画面，是狂热的吻？还是悲怆的哭？即便是那枝头小鸟，林风眠也偏爱它们那紧缩成团状的身影，如果是成群共栖呢，它们排列成环状、旋涡状、纵队、横队……总之占满了那属于它们的画里空间，有时连那相伴的树叶，也同它们长得一般模样，让孩子们去辨认哪是叶哪是鸟吧！一味饱满岂不单调！圆中有锐，寓俏于拙，这是林风眠画面迷人的重要表现手法之一。球状的绣球花被菱形的叶托住，方与圆的对照偏偏成了花与叶统一的保证；亦方亦圆的大理花，壮实：那花瓣的尖端别具韵致，窈窕，依偎着花朵又不时伸出刀似的叶或刺似的草；团团的菊花，朵朵文静地相处，而其间大大小小、浅浅深深的花心却上下左右地跳跃得欢呢！莲叶田田，苇叶尖尖；黑松沉沉，白云飞逝；秋林混沌，斜阳一线；湖水苍茫，垂柳如丝……林风眠运用饱满、锐利、稚拙、俏巧等形式美的对比手法抒写儿歌、童话、天籁……

在色彩世界中，黑与白是主宰，明度是色彩效果的幕后操纵者。很长时期，西方美术的色彩任务只是模拟对象，没有意识到色彩游离其附着体时，便是喜欢独自活动的因子。在色彩革命中立下汗马功劳的印象派发现了色彩因子的活动性，但将黑与白又排斥在色彩之外。中国绘画尊奉黑与白，运用色彩时将彩色与黑白作同一机体看待。黑与白终于被马蒂斯、毕加索及勃拉克等西方现代画家接受了，他们开拓了西方绘画的色彩宇宙。色彩中引进黑与白后，效果为之改观，杨柳青年画的白底，苗族图案的黑底，黑的釉白的瓷，白的宣纸浓的墨……都唱出了色彩的最强音。但事情的反面呢？黑墨勾画完具象以后，着色、染色，色只是表示对象的符号，黑白与色彩虽同居，但充满矛盾与冲突，谈不上和谐与呼应，这样的黑白与色彩的关系不是绘画的全局关系。然而在努力汲取洋为中用的中国画创新中，在汲取西洋的色彩之所长时，不少作品都没有深入接触到色彩与黑白之间的机体结构问题。油画和国画，相异亦相通，相辅又相成。林风眠出入中、西绘画七十余年，在色彩这个中、西的交通口明确了自己的定向。他的大部分作品是紧紧咬住黑白的，跳跃的纯白与泼辣的浓黑往往构成了画里心脏，是人家，是禽鸟，是女郎披垂着发髻，是林间难辨的神秘……为了突出画里的黑白主宰，其他部分便运用各种手法组成起陪衬作用的中间调：点线的网、宽阔的面、对比色交织成的灰调……林风眠也常将油画中光影的闪烁与色彩的华丽移植进宣纸中：灯光里的三圣母、怒放中的花园、斑斓的山谷、耀眼的餐桌……无论用国画色或水粉色，调了水的彩色落上宣纸总易流于轻飘，于是须用厚重的色来压，用调进了墨的深色来焊、来铆，林风眠琢磨于此，陶醉于此，他自己说是好色之徒。黑白的林风眠，艳丽的林风眠，还有迷离的林风眠。他有时只用淡墨浅绛绘画，隐隐约约，水晶宫里无声色，但突然会射来敏锐的眼神，那是几个小小的焦墨之点。

老画家，老来笔墨都更苍劲。但林风眠的笔墨不同于一般的概念，他并不着眼于笔墨本身的传统约束，在探寻艺术新境的漫长历程中，永远在追求稚气与童心，画图不随年龄老！1979年全国第四次文代会期间，宣读了当时正在巴黎展画的林老师发来的贺电，贺文代会召开。此后便很少听到他的情况，更少见到他的新作，他的新作总会来北京展出吧！

（1983年）

且说黄山

微雨中从后山云谷寺步行上北海，一路游人不绝。从山上下来的人都抱怨，说上山两天什么也没看见，弥天大雾，只能欣赏眼前的松树根和石栏杆。何不多住几天呢？他们是在会议中挤时间上山的，有期限。但也有人说，他上次在黄山一星期，天天大晴天，百里见秋毫，一点雾也没有，可说看尽山石真面目，反感到有些乏味，因此这回是专程来寻雾里黄山的。没有云雾不好，全是云雾当然也不好，云雾，它是画家挥毫中的艺术手法。大自然才是大艺术家，虚虚实实，捉弄游人，诱惑游人，予游人以享受和满足，不，永不满足！放眼一望，茫茫云海中浮现着墨色的山峰，千姿百态。峰峦之美多半在头顶，云层覆盖了所有的山脚、山腰，有意托出顶峰之美，以其银白衬托峰峦之墨黑，以其海浪似的横卧的波状线对比刚劲的山石垂线，抽象，抽出具象世界中的形式之美，大自然理解抽象之美，也惯用抽象手法。人们每次游黄山都获得不同的美感，就是缘于大自然抽象手法的无尽表现吧！朝朝暮暮，辛苦的摄影师和画家们长年累月在守候、捕捉云雾与山峦的幻变、虚与实的较量、抽象与具象的转化。

东边日出西边雨，秋天的黄山更是瞬息万变。登山坐爱枫林晚，老年人吃力地爬上始信峰，只能坐在石头上好好休息，慢慢欣赏脚下“红树间疏黄”的斑斓秋色。稍远处，丛丛红树和黄叶则如漫山遍野的花朵。突然乌云压来，白雾在彩谷间飞奔，团团、条条、丝丝，追逐嬉戏。雨将至，怎办？但从那乌云的窟窿中遥望山下，明晃晃的阳光正照耀着人家白屋。雨并没有来，倒降下了大雾，一片迷茫，隐隐丛山、浓淡层林，偌大的水彩画面！细看朦胧处，有人在活动，从画面比例看，人画得太大了，其实呢，人就在近处，“朦胧”将具象推向了深远。

我并不认为欧洲中世纪哥特式教堂的建筑师是从黄山诸峰获得的启示，但你从清凉台上观望对面群峰直指天空的密集的线，令人惊叹，这与哥特式教堂无数尖尖的线指引信士们升向天国那感觉、感受与美感似乎正相仿佛。许多中国画家从黄山获得了美感的启示，特别是山石的几何形之间的组织美——方与尖、疏与密、横与直之间的对比与和谐。尤其，高高低低石隙中伸出虬松，那些屈曲的铁线嵌入峰峦急流奔泻的直线间，构成了具独特风格的线之乐曲。平时并不接近中国画的朋友，游黄山后再去翻翻黄山派的画集，当更易了解画家们从何处来，往何处去。如先已看过石涛等人的作品的，那么，有心人，你在黄山中寻觅了石涛等人的模特儿吗？我两次到黄山，总爱在其中寻觅石涛，正如在法国南方爱克斯的圣维多利亚山前寻觅塞尚。

“似与不似之间”，齐白石一语道破了艺术效果的关键。大自然的雕刻家创作了无数似与不似之间的佳作。至于是佳作、杰作还是平庸之作，那主要还需从形体的形式美感方面去衡量，像不像与美不美不能等同起来。到排云亭观西海群峰，峰端犬牙交错，石头的形象有尖有方，或起或伏，其间更穿插松的姿态，构成了宏伟的线与面之交响乐。正如歌德说的：“凝固的音乐是建筑，流动的建筑是音乐。”线，从峰巅跌入深谷，几经顿挫，仍具万钧之力，渗入深邃的山谷，人称那谷底是魔鬼世界，扶栏俯视，令人腿软。谷外，一层云海一层山，山外云海海外山，大好河山曾引得多少英雄折腰、诗人歌颂！年轻人，有幸早日瞻仰祖国的壮丽；老年人，在告别人生之前，也奋力拄着拐棍前来一睹自家江山。游人挤着游人，刹那间，小小的排云亭挤得已无插足之地，人声嘈嘈：哪里是天女绣花？仙人踩高跷？文王拉车？武松打虎？天狗……老虎的尾巴！仙人的靴子！仙女的琴！像！像！不太像！尾巴太短！大喊大叫，吵吵嚷嚷，其间夹杂着欢笑、得意、惊叹，也有人因尚未看清靴子或尾巴而着急，如再认不出来，似乎这趟黄山之行便是白白糟蹋了。

我走在僻静的山径中，道旁有些较大的松树根部主干却被竹片包裹起来，像套了靴子的腿，看不出腿的形状了，自然不好看，煞风景。我想那是为了防牛群和羊群往树干上蹭痒痒吧，因我见过拴牛系马的老树上也有类似的防护，北京动物园熊山中的树干上也有同样的防护，以防牲口对树木的摧残。但当我爬上那些险峰绝壁处，那里的奇松上也包着竹围裙，难道牛羊也会被放牧到峭壁险崖上来吗？原来那是为了防游人刻字留言，有些名松就因被人刻字太多，凌迟而死！人们爱松，护松。“梦笔生花”的那朵花，是石隙中生长的一棵岁月悠久的苍劲的松，那里游人倒是爬不上去的，但衰老是必然的自然规律，松将死，黄山管理处曾邀请专家上去研究抢救，大概已救不活了。“梦笔生花”将只是美丽的回忆了，让下一代的游人们根据那笔，那似笔似笋的石的体形，去想象最美最别致的花朵。

（1984年）

佛国人间——游五台山杂感

遁入空门，意欲剪断人间情网，隔离红尘，然而《庵堂认母》《思凡》的故事广为流传，佛国与人间本难绝缘，疆界不易划分。今日五台山的游人总爱围观尼姑，看她们在殿堂里同和尚一同念经，看她们售门票，看她们去打饭，窥视她们集体住宿的炕头布置……少见多怪，和尚已不多，尼姑更是少见，尤其是青年尼姑，有的才二十来岁，如何能不令游人提出种种疑问：小师父出家几年了？家住哪方？家里有父母吗？出家的缘由？大约经常遭到这些提问的干扰，尼姑们大都低头寡言，不看游人，谁也不愿居于示众的地位。佛庙既成旅游胜地，更何处去寻佛国圣境！

四大佛教圣地之一的五台山早已是信徒们心目中的神灵之山，再经过鲁智深的一场大闹，更是名声大振，几乎家喻户晓了。20世纪50

年代我曾骑毛驴进山，道路崎岖，坑坑洼洼，只见杂草不见庄稼，山间众多的庙宇冷落破旧，僧去庙空，凄凄惨惨戚戚，已无法想象在如此偏僻的穷山沟里当年佛国的盛况：王孙公子骑马来，名门闺秀坐轿来，骑驴的、步行的、一路磕头的小脚老太太……一百多座庙宇里人头济济，香烛不绝，钟声悠悠。

事隔三十年，今年8月我应邀到五台山避暑，吉普车一直开进了台怀镇，镇上小铺、摊贩林立，大都是卖吃食的，镇边农家的住房几乎都改做了临时的游人旅店，似乎大有复兴当年香烛全盛时期的倾向。几乎所有的庙宇都在动工修复，工程浩大，投资可观。有些庙宇除了几个雷同的殿堂和丑陋的菩萨外，别无可看，但仍售门票一角五分，庙宇也学会向钱看了。

除佛光寺和南禅寺为仅存的唐代木结构建筑，其建筑本身及寺内雕塑有极重要的艺术及文物价值外，其他五台山的佛庙大都是明清建筑，由于争地点吧，见缝插针，显得布局混乱。耗费许多资金来粗略地修复一批本来就不出色的庙宇，还不如重点精工修复少数几个文物价值高的，如果修复的菩萨缺乏艺术性，何苦再滥造令人作呕的泥塑偶像！

香火佛国的全盛期毕竟不会重现，五台山修复庙宇其实是着眼于旅游。老和尚说，五台山就是文殊菩萨的五个手指头，台怀正处于掌心。我们爬上了东台顶，全不见树木，极目荒草，是大片坡度不大的牧场，正为骡马大会提供了方便的条件，昔年还常吸引内蒙古的牧民前来放牧，风景吗，除了欣赏云层的变幻，俯视群山远驰的波折线外，就不易赢得画家的青睐。既然五个台顶都像指头似的平滑，而且道路难爬，我也就放弃了文殊的其他四指。冷，虽只两千八百多米高，在东台顶我就穿上了毛衣，其时北京正值三十六七摄氏度的高温。下到台怀，早晚亦需穿两件单衣，气候凉爽，最宜避暑，看来五台山将以新兴的避暑胜境替代旧时的香烟佛国了。修复那么多庙，庙里必将有一批和尚和尼姑。他们除了礼佛念经之外，正有条件研究书画、古琴、武功、哲学、佛经……我想起怀素、石涛、渐江、虚谷等杰出的和尚书画家。如果每个庙宇各有其侧重的研究对象，并有展出和演出，组织座谈和讨论，岂不成了来旅游和休养的人们的高级文娱场所，那时收一角五分的门票就太便宜了。牛津大学各学院的学费不便宜吧，我不知朱熹和王阳明的书院要不要缴费，五台山的庙宇兼书院是可以适当收费的，啊，有待住持的硕学高僧！

（1984年）

美术自助餐

聪明敏感的学生偏偏碰上迟钝固执的教师，这情况在美术老师教学中经常遇到。有些老师年年给吃陈旧甚至发霉的食物，年轻学生胃口健，食欲旺，总嫌吃不饱，不满足。记得我们学生时代，正当抗日战争期间，人事常变，教师流动频繁，接触到各式各样的教师，其中很多不称职，我们多次给校方提意见，就为了罢那些蹩脚教师的课。如遇到高水平的教师，便十分崇敬，爱护之情胜于对父母。艺术教学是感情教学，除技术外，更关键的是启发，所谓因材施教。教师的导向往往影响学生一辈子的道路，曾经误人子弟的教师，不知有多少！

古今之争、中西之争、流派之争，统统容纳于百家争鸣中。欲争，先鸣，鸣者，实践也，拿出实践的成果来，任人评比，无须争吵。中国画系强调从自己传统中发展，油画系强调要吸收外来的优秀文化，都属堂堂正正的宣言，无可批驳。至于“保守”“狭隘”“崇洋”虽已从潘多拉的匣子里飞了出来，只被视为暗流，但这暗流啊，却在强劲地奔流。

潘天寿强调中西要拉开距离，林风眠主张中西融合，他们各自都做出了独特的贡献，共创了中国现代美术的辉煌。但他们的教导曾在我这个年轻学生的脑海里遭遇、较量。正因他们都是我崇敬的导师，他们才能在我的脑海中搏斗，促使年青的一代独立思考、探索、追求。年轻人能在大师们的终点起跑，真是莫大的幸运。而那些庸庸碌碌的教师们、乱指方向或根本无方向可指的教师们则终于被遗忘了。

如今美术院校都设中国画、油画、版画等系，其实是事先规定了每个年轻人的前途，有点拉郎配的性质，忘记了艺术是发展感情的事业，需恋爱自由，但必须到一定阶段才能进行自由恋爱。因此院校中宜设多种素描、油画、国画、雕塑等工作室，并同时应选修雕塑、建筑、音乐、文学等等课程，这样每个学生自己属于自己的系，就像在丰盛的自助餐前，各自依照自己的胃口搭配自己的营养。那些谁都不吃的菜则必然渐渐被淘汰，促其淘汰。四五年的大学学习只能也必须打下广泛的审美基础，到研究班时再对专业深入研究。四十年、五十年、六十年风雨中能成长一位杰出的艺术家便是国家的荣幸，美术院校只是苗圃，绝不可能是艺术家的速成班，不要培养侏儒！

（1985年）

高山仰止——忆潘天寿老师

潘天寿一贯主张发扬东方本位艺术，要拉开中国画和西洋画之间的距离。因此他在教学中要求学生从传统入手，临摹各时代名作，包括他自己并不喜爱的四王山水。临摹传统，掌握了现成画法，岂无坠入程式之困惑？李可染说要用最大的勇气“打出来”，正是缘于遭遇了这不易克服的困惑。

可说这是一个绝无仅有的独特现象：强调传统特色，强调与西洋画拉开距离，本人也并未深入研究西洋艺术的潘天寿，恰恰在其作品中体现了西方现代艺术的要素。这要素主要表现在构图中包含几何观念的平面分割。潘天寿的绘画是建筑，整幅画面的面积被他严格规划、分配，绝无浪费。“计白当黑”本是常用的专业术语，但在实践中，几人在计白当黑的经营中发挥了最大的功效？潘天寿是我国绘画史上第一人。构图中的平面分割影响作品的整体效果，亦即作品上墙后的效果。蔡元培归纳说，中国画近文学，西洋画近建筑。有意无意间他道出了中国画上墙后缺乏建筑性整体效果的致命弱点。文人画家潘天寿的绘画却异军突起地攻入了现代西方所追求的构成美之领域，无怪当年到浙江美院讲学的罗马尼亚专家博巴见到潘天寿的作品感到惊讶和敬佩。对此，潘天寿可谓无师自通。他师古人，偏爱石涛和八大山人，直接师承吴昌硕，并跟李叔同学素描画过半身人体……更关键的是他观察自然，对自然物象的本质有独到的颖悟。他早年本名天授，后改为天寿，不肯露锋芒。一切启示来源于人生和自然，东西方的大自然并无多大区别，西方和东方的哲人智者在人生和大自然中均有相仿的感悟，学者们可在科学、哲学、文艺等领域里举出无数实例。就绘画而言，印象派、抽象派等的追求早就在我国古代艺术中有所探索。我曾将西方现代艺术和中国古代艺术比方为哑巴夫妻，虽语言不通，却深深相爱。17世纪的《石涛画语录》提出一画之法，其实是发表了表现主义的宣言（见拙著《我读〈石涛画语录〉》）。隔膜的双方都是对方的新大陆，在历史进程中，两边往往产生着相似的新生事物。绘画从描摹物象而进入造型的审美领域，这在东西方虽进程和状貌各异，但整体倾向仍具共性。从罗丹到布尔特尔，到亨利·摩尔的演进，我比之从石涛到潘天寿的展拓。

潘天寿作品从内涵看，他着意于格调。所谓格调，体现的是作者的审美品位、人生态度。任凭吹毛求疵，谁能找到潘天寿任何一件作品中的媚俗心态？血管里流的都是血。绘画是视觉艺术，潘天寿牢牢把握画面的强烈视觉效果，黄钟大吕，以强其骨。因而他着力经营构图中的反差对比、墨彩的黑白对比、线的纵横及屈伸之对比……将画面的视觉效果发展到极限，便须解脱物象之拘束，点、线、面之协奏才能充分表达抽象构成之美感。无论册页、巨幅，潘天寿作品的空间都很宽广，他的营造法则是构建大厦的法则，他的大幅作品是真正的巨构，绝不同于以纸张之大自诩大幅。中国国画家中，真能驾驭大幅者，潘天寿是第一人。潘刻有“一味霸悍”之章，“霸悍”者对画面面积运用之霸悍也，方寸之地也决不让步，没有商量的余地，作者是自己作品的暴君。我曾听不喜欢潘天寿作品的人批评潘老师是“一味霸气”，因之我在《我读〈石涛画语录〉》中不知不觉误将“一味霸悍”写作“一味霸气”，感谢申劼同志给我指正，而我自己，却认为在艺术中存霸气又何妨。一味霸悍的潘天寿在生活中宽厚、诚朴、慈祥，从不与人争吵。他不喝酒不抽烟不品茗，渴了多半喝白开水。

与潘天寿正相反，林风眠校长主张中西结合，他所聘的主要教授吴大羽、蔡威廉、克罗多等等，全是留法的或法国画家。国立杭州艺专是全国最高艺术学府，教授月薪大洋300元（30年代）。如此高的待遇令所有画家们钦羡，想进来教课的中国画家甚多。而林风眠偏偏聘请了与自己观点相反的潘天寿。我想，至少是林风眠慧眼识英雄，赏识潘天寿出类拔萃的才华与造诣，或者更深一层认识到，潘天寿作品中含蕴着现代西方的造型因素。这，或许潘天寿自己并未意识到。正因潘天寿为人正直、谦逊、从不与人争，似乎他与林校长之间并未有过探讨或争论，当时各教各的课，各自阐明自己的观点，河水不犯井水，然而河水和井水却系同源。由于历史的局限，潘天寿没有研究西方现代美术，如果他能与西方现代绘画的大师们做深入的交流，则对东方和西方的画坛都会产生引入瞩目的影响。历史不能假定，而他观点的局限性倒对教学起了负面作用。他竭力主张从绘画系独立出来设置国画系，因在杭州艺专时，学生主要热爱西洋油画，中国画几乎成了副科，这令潘老师一直深以为憾。但当时独立后的中国画系又不同于今天，缺乏学习素描等严格的造型基础，只一味在诗、书、画中加深功底，国画系年轻轻的学生却近乎老夫子的风貌。有几个学生能具有潘老师的非凡才华呢？真如凤毛麟角般难觅！杰出的艺术家潘天寿，其作品具有中国的现代感，也具国际性的现代感，他达到了高山之巅，而西方高水平的作者也同样达到了那峰巅，真正的艺术殊途而同归，在高峰碰面了。潘老师自己登上了高峰，但从未意识到完成了与西方同归的历史命题。

大师已故，作品日见光辉，世人共睹；他的音容笑貌亦永留我们这些老学生的心目中。在杭州时，学生大都热衷西洋画，国画课时虽少，但对潘老师的作品与人品十分崇敬。凡遇学生打架闹事起纠纷，训导处感到棘手难处理时，往往请潘老师出来说几句话，事件便很快平息。在昆明时学校闹风潮，学生们追打图书馆馆长顾良先生。顾先生到处躲避，学生穷追不舍，最后他冲进潘老师的住处，躲到潘老师的背后才求得了安全。

我庆幸一开始学国画便随着潘老师的眼力识别画品与人品之优劣，影响了自己终生的审美观。今日回顾老师，高山仰止！

（1985年）

漓江

“水似青罗带，山似碧玉簪[①]”，杜甫对漓江的感受引起许多人的共鸣，也引起我的共鸣。细分析，青与碧是类似色，只是和谐，二者并列时色彩感不强，或令人忘记了色彩（绘画中色彩结构之复杂性）之存在。减弱了色彩的复杂性，丝绸与玉器之类的质感反易突出，从造型角度看，“罗带”与“玉簪”才是漓江山水的本质之美。

我多次画漓江，油画、水彩、水墨，大都着力于江山如画的倒影之美，着力于酥软、柔和的情调之渲染，但往往只表现了江山之一角。我想将罗带与玉簪的对照之美，构成酥软与柔和的虚实之美，作

① 此处疑为作者笔误，原文应是“江作青罗带，山如碧玉篸”，出自韩愈的《送桂州严大夫同用南字》。

为充溢整个画面的主角。山之倒影虽加强了山之层次，但有意无意间又割断了罗带。罗带，那是漓江命脉。我首先保住罗带的飘逸无阻，不染倒影；同时强调远远近近的山之层次，着意表达玉簪的半透明质感，因此干、湿、浓、淡，大块的虚实对照都为了追求酥软与柔和；道是有色却无色，色是和墨并用的，一味为了显示漓江山水的氛围之气。若真能表达空气湿润的江山韵味，则青碧也可，墨彩也可，道是无色却有色了。

这画的主要写生资料来自阳朔的山头。

（1988年）

江南人家

苏州角直小镇人家密集，前后左右房屋相挤碰，房檐与房檐几乎相吻，门窗参差错落，怕鸽子也会认错家门。耐心的画家仔细描绘，一间屋连接一间屋铺展开来，最后画面效果倒又往往失去了那密密层层、重重叠叠的丰富感。是众多形象在争夺画家的视线：横、直、宽、窄、升、跌、进、出……造成了非静止感的复杂结构，其间交织着错觉，“错觉”是“敏感”的直系亲属。

我追捕错觉中的造型构成，那以块面为主导的房顶与门窗的形体交响曲，黑、白、灰之分布虽源于客观对象，但受控于乐曲的指挥。高高的白墙顶天而坠，一个拐折而由小桥接力，小桥的台阶横道道收缩了众多垂线。从最大块的屋顶到最小点的窗、从纯黑的洞到纯白的墙，尽量发挥对比之功效。深色之间冷暖变化多，白墙之上明度层次微，笔扫纵横，有意配合横与直之构成。彩色镶嵌是画里珠宝，人间衣衫。

勃拉克的一幅画表现法国南方的屋顶之群，别人看了评说太多块块（cube），立体主义（cubism）即诞生于这群块块的组合契机中。某一类题材予人共同的感受，引出相似的表现手法，于是派生出什么什么主义来，同时便又都局限在一定的范畴之内。我国传统绘画中也有不少仿佛的印象派、野兽派等等的表现，东方和西方都发现了绘画规律的共性，但规律的共性抹杀不了民族的、个人的特性。

在作这幅油画前，我先作过仔细的线描写生。

（1988年）

巴黎札记

1988年10月，日本东京西武百货店举办规模庞大的中国博览会，这期间包括我的个人画展，作品都是用墨彩抒写的祖国山川。在展览即将闭幕的庆贺晚宴上，西武社长山崎光雄先生向我提出了建议：明年此时，我们将在东京举办巴黎博览会，想请您画一批巴黎风景作为展题参展，先请您及夫人去一趟巴黎，尊意如何？山崎先生恐并未料到他这一构想深深触动了我的心弦。我年轻时在巴黎留学，如饥似渴吸取西方艺术的营养，并陶醉其间。幸乎不幸乎，终于又回到了条件艰苦的祖国，从此在封闭的环境中探索了数十年自己的艺术之路。那路，深印在祖国土地上，并一直受影响于人民感情的指向。四十年岁月逝去，人渐老，今以东方的眼和手，回头来画巴黎——新巴黎，感触良多，岂止绘事！我接受了山崎先生的建议，于今年春寒料峭中抵达巴黎。

一、从蒙马特开始

出乎意料，整个巴黎不足五千辆出租车，在巴黎找出租车与北京一样不方便。大街、小巷、近郊、远郊，搜尽风光打草稿，我的活动量大，主要只能依靠地铁，巴黎的地铁复杂而方便，我头一个夜晚彻底重温了地铁路线图，四十年来路线基本未改，车站如故，只大部分车厢更新了，但许多车厢被“艺术家”涂画得一塌糊涂，连许多交通图也被涂改，洋流氓居心叵测。

我首先奔向蒙马特，那尤脱利罗笔底的巴黎，全世界艺术家心中的麦加。曲折倾斜的坡上窄街风貌依旧，错落门窗还似昔日秋波，街头游人杂沓，奇异服饰与不同肤色点染了旅人之梦。豁然开朗一广场，这里便是最典型的卖画“圣地”，世界各国的艺人麇集，都打开各样的伞，遮雨亦遮阳，亦遮卖艺人内心的羞愧与创伤，他们拉客给画像，只为了法郎。四十年前的学生时代，我只到过一次这举世闻名的民间卖画广场（其实不广阔），那时年轻自傲，信奉艺术至上，又是公费留学生，暂无衣食之忧，看到同行们从事如此可怜的职业，近乎乞食者，感到无限心酸和无名凄怆，从此不愿再去看一眼这生活现实。时隔四十年，重上蒙马特依旧！依旧！此地并未换了人间。岂止蒙马特，岂止巴黎，在纽约街头、东京公园……我到处见到为路人画像以谋生的艺人、同行。莫迪利亚尼当年在咖啡店为人画像只索五个法郎，别人还不要，他兴之所至，往往就在铺桌子的纸垫上勾画有特色的人像。艺术，内心的流露；职业，适应客观需要的工作。两者本质完全不同，艺术创作原本绝非职业，谁愿雇用你一味抒发你自己的感情？但杰出的艺术品终将产生社会价值，无人雇用的凡·高死了，其作品成了举世无价之宝。艺术家要生活，要职业，于是艺术家与职业之间发生了错综复杂的关系，艺术家有真伪，画商有善恶，彼此间或曾结一段良缘，或时时尔虞我诈。以画谋生，为人画像，为人厅堂配饰，必须先为人着想，得意或潦倒，各凭机遇。鬻画为生古今中外本质一致，只是当代愈来愈重视经济收益与经营方式，从巴黎和纽约的许多现代画廊出售的作品中去揣度时式和风尚吧，风尚时时变，苦煞未成名的卖艺人。回忆学生时代，上午在巴黎美术学院上完课，就近在学生食堂吃了饭，背着画箱便到大街小巷众多的画廊里巡看，注意新动向。画廊里多半是冷冷清清，少有顾客，除非某个较重要展出开幕时才有特邀的与捧场的来宾。如今画廊依然，但进门要按电钮开门，电钮的响声引起主人的注视："先生、太太好！""先生好！"彼此打过招呼，悄悄看画，心里有些不好意思，因往往仅仅只我和老伴两个客人，我们又绝非买画的主顾。宫花寂寞红，各式各样的作品少有知音。所谓作品，真伪参半，有虚张声势的，有忸怩作态的，有唬人的，有令人作呕的，当然也有颇具新意的、敏感的，但往往推敲提炼不够，粗犷掺杂粗糙，奔放坠入狂乱，扣人心弦者少见，标新立异的生存竞争中似乎不易听到艺术家宁静的心声。艺术进展与物质繁荣同步？今日纽约的不少高级画廊以出售法国印象派及其后的名家作品为荣，仿印象派的蹩脚作品更充斥美国画廊，当然美国有为的年轻一代画家已不肯囿于法兰西范畴，大胆创新，泼辣新颖，从整体看，正奔向新领域，从个别作品分析，理想的不多，缺内涵者总易予人外强中干之感。

高更的大型回顾展正在大皇宫展出，密密麻麻等待入场的观众排开长队，队伍围绕了半个大皇宫，要入场，须排队近两个小时。展出四个来月，从开幕至闭幕，每天从上午开馆到下午闭馆，队伍永远是这么长，我只能去排队，除非不看。专业者、业余爱好者、旅游者……来自世界各地的人们争着来瞻仰客死荒岛的画家的遗作，作品的色凝聚着作者的血，件件作品烙印着作者的思绪、时代的歌与泣。同时在大皇宫展出“五月沙龙”，从另一门入口，门庭冷落，进入展厅只三两个观众。“五月沙龙”亦属当代主要沙龙之一，何以如此失宠于观众！展品总是良莠不齐，有些作品虽不乏新观念，但效果或令人费解，或一目了然少含蕴，引人入胜或可望而不可即的具有高度艺术境界的作品确乎不多。作家抛却观众，观众便不看作品，相思断，恩情绝。问题绝不止于画廊与沙龙，试看博物馆或蓬皮杜中心，作品的沉浮都须经时间的考验，几代观众的考验。

二、新旧巴黎

正遇上卢浮宫的新进口玻璃金字塔落成开放，于是又是人山人海的长队。天光从玻璃塔透入，照耀得宽敞的地下门厅通亮，熙熙攘攘的游人由此分道进入各展区。美术学院与卢浮宫只一桥之隔，当年课余我随时进入卢浮宫，对各展区都甚熟悉，但这回却迷了道，须不断查看导游图，那图用四种文字说明——法文、英文、德文、日文，东方文字日文被欧美博物馆采纳是新动向。待见到站立船头的古希腊无头胜利女神雕像时，我才认出记忆中的路线，但布置还是大大改变了。画廊里挂满举世名作，上下几层，左右相碰，仿佛参展作品正待评选，比之美国大都会等博物馆，这里布置太拥挤，但有什么办法呢，都是历史上的代表性作品。悠久的文化传统使后人的负担愈来愈重，豪富之家的子孙往往失去健康的胃口。

玻璃金字塔确是大胆、新颖、成功的创造，解决了进口拥挤的难题。在古建筑群的包围中突出了现代化的玻璃工程，塔虽庞大，因其透明，不以庞然巨物的重量感令古老的卢浮宫逊色，而那金字塔之外形，与协和广场中央高矗的奥培里斯克（埃及方尖塔）遥相呼应。设计师贝聿铭先生在世界建筑领域里做出了杰出的贡献，他是华裔，我们感到无限欣慰。虽然我对建筑是外行，但到华盛顿国家博物馆和波士顿博物馆参观时，便首先特别观察了贝聿铭先生设计的部分，其与原有建筑的衔接与配合，承先启后，独树一帜。

纽约街头摩天大厦矗立，雨后春笋争空间，街窄人忙，诸事匆匆，似冒险家的乐园。我和老伴走在人行道上，一位卖花的东方女子善意地指指我老伴的提包，示意要注意被抢劫。巴黎气氛不一样，田园大街宽而直，楼房均不超过六七层，大都戴着文艺复兴时代的厚屋顶，稳重端庄。大街显得很辽阔，沿街咖啡店林立，悠闲的人们边喝咖啡边欣赏各色行人，行人步履缓慢，边走边欣赏喝咖啡的各色女士和先生们，人看人，相看两不厌。巴黎，永葆其诱人的美好风韵，除在蒙巴纳斯建立了一幢四五十层的黑色高楼外，老市区基本不改旧貌，协和广场那么多古老的灯柱，使法兰西人常常回忆起那马车往返的豪华社交时代，莫泊桑和巴尔扎克的时代。城市不能不发展，新巴黎在拉·苔芳斯。卢浮宫与凯旋门在一条中轴线上，仿佛我们的故宫和正阳门。新巴黎从凯旋门延伸出去，拉·苔芳斯便属中轴线的延长，街道更宽，两旁各式各样的高层新楼林立，呈现代建筑之长廊，长廊一头，跨在新街上的是一巨大白色画框，近看，框上都是层楼窗户，那是各类办公大厦的汇总。这造型单纯的白色框框与凯旋门遥遥相对，这是凯旋门的后代。地理位置上，拉·苔芳斯扩展了巴黎，造型形式上，拉·苔芳斯发展了巴黎。巴黎向拉·苔芳斯的拓展不但解决了空间问题，并显示了历史的进展，蓬皮杜文化中心似亦应迁来此处。我想起了梁思成先生，他在中华人民共和国建立初期竭力主张保留北京古城风貌，并曾为三座门及古城墙的拆除而流泪。西安、苏州、绍兴……同样情况的问题太多了，我们不仅仅受到物质条件的约束。

三、怀念

德群夫妇驾车陪我们去齐弗尼参观莫奈故居，我还是头一次去访问，因四十年前故居尚未开放，当时只能在奥朗吉博物馆的地下室里感受莫奈池塘的风光，他的几幅巨幅睡莲环布四壁，令观众如置身池中。车行两小时，经过许多依傍塞纳河的宁静乡村，抵故居。细雨湿新柳，繁花满圃，绿荫深处闪耀着清清池水，水里挂满倒影。一座嫩绿色的日本式桥弧跨池头，紫藤攀缘桥栏，虽非开花时节，枝线缠绵已先入画境。这小桥，举世闻名，多少睡莲杰作就诞生在这桥头。其实，优美的池塘、垂柳与睡莲世界各地不知有多少，天涯何处无芳草，而莫奈的创造为法兰西增添了殊荣，小小乡村齐弗尼宇内扬名。北京西山那几间小土房，如确是曹雪芹写《红楼梦》的故址，虽无花圃，亦将吸引愈来愈多有心人的瞻仰。莫奈的工作室十分高大、明亮，令我兴叹，他晚年已得政府重视，巨幅《睡莲》据说就是政府首脑克里孟梭委托他创作的，所以才能建造如此规模的工作室吧。莫奈的客厅、卧房、内房通道随处挂满了日本版画，可见东方艺术对印象派及其后的影响，且今日已被提到“日本主义”的高度。看莫奈晚期的作品，画布往往并未涂满，着重笔触与色的交错，与中国文人画追求的笔墨情致异曲同工。

秉明夫妇驾车陪我们重游枫丹白露及巴比松，我们的目标是米勒及卢梭等人的故居。米勒的故居变了样，故居如何能变样呢？原先的正门是开在院子里，爬几级木扶梯进入室内，室内是空荡荡的土地土墙，物品不多。如今这院子已属人家私屋，被隔断了，于是故居傍街另开了一个侧门。进得门去，琳琅满目挂满了米勒作品的复制品，无可看，而且临窗街上车辆不绝，小镇闹市，已尽失当年巴比松的乡村气氛。我和秉明坐在“米勒故居”牌子下的石条凳上合影留念，因背景墙上爬满藤萝，是唯一透露古老回忆的画面了。秉明说：“我上次陪余光中来，也坐在这石凳上照了同样的镜头。”秉明问：“你从前来是坐火车来的吧？”我记得是的，但四十年前的印象比这次好多了。我告诉秉明，绍兴青藤书屋也已修复开放，里面陈列些粗劣的复制品，我对修复故居加修改很反感，绍兴沈园正在重修，当是一个创作难题。

仍由秉明夫妇驾车，我们去奥弗·休·奥洼士，去扫凡·高之墓。春寒料峭夹着凄风苦雨，秉明正患感冒，坚持开车。偏僻的远郊小镇，凡·高在此结束了他最后的岁月，长眠在曾被他画得繁花似锦的乡土里。我们的车就停在凡·高画过的市府前面，面对市府竖立一大幅凡·高自画像的复制素描，那阁楼便是画家生存与死亡之角落。面对着画像，我们就挤在车里用简单的午餐。小小的公园被命名为凡·高公园，里面有名雕刻家闸吉纳塑的凡·高像，很糟，全非凡·高风貌，这作品还曾发表，我很反感。本地的教堂居于全镇的高点，凡·高将这教堂画进乌蓝的色调，已为世人熟知，原作今展出于巴黎奥赛博物馆。我打起雨伞画教堂，虔诚中夹杂着惶惑，是否凡·高在注视我？

车抵公墓，雨大起来，将众多大理石墓棺、碑石、雕刻冲洗得干净光亮，丛丛鲜花或塑料花也显得分外鲜艳。终于找到了凡·高之墓。紧靠围墙边，并立着两块墓碑，一块刻写着：这里安息着文森特·凡·高（1853—1890），另一块是提奥·凡·高（1857—1891）。两碑前地面上平铺一片常春藤，覆盖着土里的两兄弟，如不留心墓碑，我认为这只是一小块被遗忘了的白薯地，没有鲜花。终于我发现谁送来的一小束干麦穗，其间包扎一支断残的油画笔。我突然想起鲁迅的《药》，在瑜儿墓前“哇”的一声飞去两只乌鸦。乌鸦，凡·高在此画过许多乌鸦，它们今天并不飞来。秉明同我步行察看那画家眼中倾

斜的大地、战栗的树丛、歌唱的苹果花。早春的麦地一片宁静青绿，也许秋天麦穗金黄、骄阳似火时，会再度拨动长眠画家错乱的神经。

四、反思

老伴吃不惯洋饭，白天我们到处作画，吃饭的时间和地点不定，碰机会随便吃，晚上我便陪她找中国饭店吃大米饭。数十年来中国饭店确乎大大发展了，数量倍增，生意兴隆。不只巴黎，在旧金山、纽约、横滨……熙熙攘攘的唐人街上主要是饭店。真正正在大步走向世界的中国文化，看来首先是烹饪。烹饪也是艺术吧，而我们的绘画艺术还远远未被大众理解、发现。专门陈列东方艺术的吉美博物馆，其间中国部分主要是古代雕刻、陶瓷及伯希和取去的敦煌文物，西藏作品竟被归入喜马拉雅地区，不属于中国。将近半个世纪了，中国在吉美博物馆里无丝毫新反映。塞纽斯基博物馆也专门陈列东方艺术，规模更小，门庭冷清，平时几乎没有观众。纽约大都会博物馆及波士顿博物馆等虽也陈列少量中国画，但均观众寥寥。中国绘画大都表达作者的生活情趣及人生观，用笔墨在纸或绢上透露内心的思绪，重意境，但多半忽视画的整体形式效果、视觉效果。纸或绢旧了，变得黄黄的，远看只是一片黄灰灰的图案。相比之下，西洋油画色彩鲜明，节奏跌宕，易满足人们视觉刺激的要求。古代中国杰出的艺术家何尝不重视构成，书法中的每一个字都是一个独立的构成天地，当代西方画家哈当（Hartung）和克莱因（Kline）的每幅画也不过是一个字而已，我们难道温故而不知新？

大量的中国中青年画家奔向西方，祝愿他们一帆风顺，打开个人的前途，并为中国的艺术夺取奥运会的金牌。他们的路显然都十分艰辛，凭写实的功力及东方人的敏感当然也能取得一些成功，然而燃眉之急是谋生，谋生的技艺与艺术创造之间，往往存在着鸿沟。近代东方画家最早在巴黎扬名的大概是20世纪30年代的日本画家藤田嗣治，他以纤细的线画东方情味，我在学生时代看他的画就很不喜欢，格调不高，这次在巴黎市立现代博物馆又看到他的一幅裸体，很差劲，我想，生活在日本本土的画家比他强的恐怕很多，艺术家不必都要巴黎颁发证书。扬名，似乎是艺术家普遍追求的目标，有了名，作品价高，于是引来利。然而盛名之下多虚士，当代扬名之道更是不择手段，欺世媚俗。最近翻看自己六七十年代的油画作品，那些在极端艰苦的条件中冒着批判风险创造的风景画，凝结着作者真挚的感情，画面均无签名，也不记年月，抚摸这些苦恋之果，欲哭无泪，但突然想到市场上已出现了许多我的假画，一阵恶心。

原估计自己在长期封闭中远远落后了，近几年重新到世界环视一周，更坚信艺术永远只诞生于真诚的心灵，珍珠生在蚌壳中，人参长在山野里，傲骨风姿黄山松，离不开贫瘠苦寒的石头峰。逝去的时代毕竟已逝去，旧时代的艺术品已成珍贵的文物，今日中国艺术必然要吸取西方营养，走中西结合之路。闺阁藏娇决无前途，大胆去追求异国之恋，采集西方现代形式语言表达隽永含蓄的东方意境。西方世界的中国画廊还处于萌芽状态，地位不高，作品质量低，缺新意，但从中国餐馆的发展历程看，事在人为，毋庸气馁，更盼望以官方的力量直接间接扶植民间画廊，创办公私合营的中国文化餐厅。今年6月，在纽约佳士得的中国画拍卖中，一卷表现蒙古人生活的佚名作以187万美元售出，董其昌的一幅轴画也以一百数十万美元售出，这些信息，显示了高级中华文化餐厅的美好前景。

五、别

匆匆一月，告别巴黎。少小离家老大回，晚年回到久别的“故乡”，总有无穷感触。巴黎不是生养我的故乡，但确是我艺海生涯中学习的故乡。临别前，我为怀念而悄悄回到母校美术学院，寻找到当年教室楼下的小小院落。院里有四五个年轻学生在聊天，我打听我那故去的老师，当年威望极高的苏弗尔皮教授，但他们都不很清楚了。人走茶凉，倒是我这个海外学子总记得他的教诲，尤其他经常提醒：艺术有两路，小路作品娱人，大路作品感人。也是他劝我应回到中国，去发展自己祖国的传统。当年告别巴黎不容易，经过了很久的内心斗争，同学间也为去留问题不断讨论、争辩。秉明著述《关于罗丹》一书中亦记及我们曾争辩了一夜，直至天明他才回去睡觉，入睡后噩梦连连，梦醒已是1983年。各人在不同的环境和条件中做出了各自的努力，秉明和德群等留巴黎的老友都做出了可喜的成就，我自己忙白了少年头，也问心无愧。这回再次告别巴黎，心境是宁静的，没有依恋，更无矛盾，我对秉明说：回去作完这批巴黎风景，大概该写我自己的《红楼梦》了。

（1998年）

京城何处访珍藏

征服者拿破仑想将《最后的晚餐》搬到巴黎去，但工程人员没有迁移圣玛利亚感恩教堂壁画的本领，徒呼奈何，米兰幸而保留了达·芬奇的杰作遗迹。巴黎确乎占有了全世界的无数艺术珍品，从古希腊、罗马及意大利文艺复兴时期的代表作，一直到我们的汉魏石雕、佛头及敦煌绘画。巴黎的众多艺术博物馆铸就了法兰西民族的骄傲。如果法兰西在国富民强的时期并未重视珍藏艺术品并建立博物馆，钱在奢靡的享受中白白花掉了，法国早便失去了她在世界上的独特魅力，今天的法国人该咒骂他们的祖宗了。先进国家都懂得这生命攸关的民族魂问题，都在竞争中建立权威性的博物馆。大英博物馆仿佛权威大学，市民、旅游者、小学生、中学生、大学生及学者们都来此学习、研究，无需门票。发达国家博物馆的经费也并不充足，大都也靠社会赞助。不少巨富者并不沉湎于吃喝嫖赌，而大力收藏稀世的艺术珍品。为什么稀世珍品能拍卖到天价？这在西方人眼里是必然的。最后藏家将毕生的珍藏甚至世代的珍藏全部捐赠给了博物馆，博物馆往往为之开辟专室陈列。我们上海新建的博物馆也已开辟了捐赠陈列室，令人欣慰。

20世纪50年代的北京黄沙扑面，四合院挤着四合院，都没有枣树高，只故宫显得很高大。我的印象中故宫是唯一有绘画陈列的博物馆。唯一的绘画馆中陈列一些明清作品，精品不多，唐宋作品每年要等秋高气爽的好季节展出一个月。如果着眼于欣赏艺术珍藏的角度看北京，寂寞啊，寂寞！

五十年换了人间，我天天骑自行车往返的街道都不见了，今日出门，高楼大厦，难寻故址旧踪。80年代末我返巴黎写生，想起要画那个最大的菜市场，因我学生时代曾参观过那大菜市场，热闹、鲜活、血色鲜红的整只大牛悬挂空中，十分入画。但我再也找不到三十年前的旧菜场了，经打听，已拆除，就在旧基地上建立了蓬皮杜文化中心。北京的旧基地上建立的新楼数量已不亚于西方现代城市。只是，这些名为××城、××广场的庞然大物大都是商场，商场与商场面貌相仿，内部肠肺亦相仿，相仿的货物前顾客日益稀少。是否娱乐行业夜间火红？那就不得而知了。早期建筑的中国美术馆当时是唯一的，几十年来她仍属唯一。名为美术馆，实际功能是展览馆，忙于展出任务，不属于长期陈列珍藏的美术馆。偌大的中国，偌大的首都北京，竟然没有一座陈列美术珍藏的国家现代美术馆。而商业大楼却一个比一个长得快，长得高。就是美术馆不生不长，因为尚未怀孕！

德育不能替代美育，美育却影响着德育。人民审美力的提高主要靠艺术品的熏陶。熏陶，是经常性的潜移默化，非速成班所能奏效。无可否认，发达国家的众多艺术博物馆培育了人民的素质及审美品位，欣赏美术作品成为人们不可或缺的生活享受。几乎所有的儿童都爱画画，但我们已往的中小学教学中美术最不受重视，大学更与美术风马牛不相及。我们的高级知识分子，及自孙中山以来的历届领导层中对美术感兴趣的似乎不多，只有蔡元培是近代史中唯一的美育倡导人。今日情况有变，强调科学与艺术的密切关系。由于李政道等科学家的呼吁并做出实践，国家已重视美育教学。但美育教学只在课室里进行是不够的，还必须看，眼见为实，要到美术博物馆看作品、珍品。但呼吁了多年的美术博物馆，依然前途茫茫，倒是外地大城市不断出现新馆，令首都人自愧。中国人穷惯了，曾经将欣赏艺术认为是奢侈，看戏不就是额外消费吗？欣赏美术就更非必要了。一群群洋人随旅游团来北京，被导游领着看故宫，看长城，看颐和园，然而他们中不少人失望了，要去西安。外国领导人来中国访问，公事毕，一般都被安排去参观长城，唯有蓬皮杜总统不想看长城，提出要看云冈石窟。周恩来总理亲自陪他去了云冈参观。后来周总理感慨地说：托蓬皮杜的福，我第一次瞻仰了云冈的雕刻。

汉唐盛世，国富民强，那时代永远消逝了，但留下了文化艺术，中华民族的骄傲主要在于祖先创造了丰富的文化艺术。美术如何如何，好在哪里？如何感人？要看作品。到中国首都能随时看到中国历代的美术精品吗？不能，不仅古代的没有，近代、现代的也没有，要看中国的极品往往须到外国去看。如果到巴黎看不到塞尚，到西班牙看不到戈雅和毕加索，到荷兰看不到伦勃朗和凡·高，人们能谅解吗？而到北京确实找不到林风眠、齐白石、潘天寿、石鲁……无奈之中，有些作者或其家属在本人生前或死后建立自己作品的陈列馆，这些个人力量建立的小庙或家庙，其困难当可想见。国家必须建立大庙，其间应包容各个有代表性的名家陈列室。梧桐树高凤凰来，如果建成了馆，谅许多杰出作者或藏家都会无偿奉献自己的精品，不仅近现代的、古代的，外国的也会引进，路德维希不就已经捐赠了一批优秀藏品吗？应该建立多少美术博物馆才适应北京的需要和中华民族的文化品位？卢浮宫和奥塞博物馆前经常排长队的现象希望也能传染到北京来。最近，北京香山植物园里建成了热带植物园，耗资巨大，门票50元，游人不少。偏偏没有人想到开发人们对美术作品的享受的矿源，广大人民的审美神经一直处于冬眠中，不知何时才能被唤醒？

希腊政府多次通过外交途径向英国交涉，想索回大英博物馆中的希腊雕刻，当然不得结果。希腊的“家庙”和国宝被陈列在伦敦，他们的子孙想收回是常情、常理。但从另一角度看，正因为希腊有“家庙”国宝展出于大英博物馆及卢浮宫等重要场所，古希腊的艺术才被全世界人们所瞻仰。同理，印象派的作品因大量流失外国，反倒获得了极为广泛的宣扬。艺术作品的交流比保留在各自的国度里更能起到巨大的积极作用。改革开放后，不少人出国了，看到了外面世界的艺术，但毕竟还只是少数人，广大人民无缘看到外国的国宝。我们再也买不到西方的经典之作了，有人呼吁成立复制品博物馆，也可以用我们数量较多的国宝，如兵马俑等，去换取一些外国的国宝来展览。如果我们的国宝展出于人家重要的博物馆，向全世界展示，便能在更广大的时空发挥、实现其价值。

最近偶然到古玩城看看，见里面公然标售名家假书画，触目恶心，不堪看，却无人管。有报道说全国政协委员中的书画家们提交关于书画市场赝品泛滥情况的提案，呼吁予以整顿。有记者电话征求我的意见。我回答无话可说。记者报道说我“哀莫大于心死”。一场假画《炮打司令部》的官司拖了我三年，使我感到“官司”近乎“陷阱”，十二分明显的政治历史铁证，无须识别作品真伪的专业知识，这样的官司竟判得如此艰难，最后虽胜，险胜、惨胜，胜了仍未能完全执行判决。这场首例假画官司曾闹得沸沸扬扬，结局如此，令制、售假画者窃喜，客观效果上是给假画开了绿灯。如今假书画成灾，因堤坝已溃决，救灾难矣。然而灾还是要救的，因为灾淹没了中国人，淹没了外国旅游者，抹黑了文明古国。我不知道有关部门将如何部署救灾方案，我认为根本问题在于不见真品，人们无从参照。不识货，货比货，当全部都是假货时，倒应了“假作真时真亦假”的谶语了。如果我们的美术馆长年陈列着诸名家的珍品，人们随时观摩欣赏，熟悉其风格水平，则伪劣者无处藏身，或成过街老鼠了。书画作伪的社会基础是美盲多。国外的行家们来到首都北京，见到书画市场处处展现伪劣赝品，竟然没有陈列真品的美术馆，人家暗暗吃惊。

（2000年）

谈书法

20世纪30年代我随潘天寿学画，潘老师说："有天分，下功夫，学画二十年可见成就，书法则需三十年。"潘老师的话我总是相信的，但当时对书法与绘画的比较则尚无体会，只根据他的指导临颜真卿、黄道周及魏碑、石鼓文。然而，对书法的兴趣远不如绘画，对画的优劣感到一目了然，自以为很懂了，可是对书法却缺乏独立审评的能力。倒是对潘老师的书法、石涛及郑板桥的题跋很喜爱，认为他们的题跋与画面的构成，是一个完整的整体。

其后我专攻西洋画，连水墨工具都抛弃了，更谈不上再练书法。沿着古希腊、罗马、文艺复兴一直摸到印象派、立体派、抽象派，探索西方艺术的真谛，感悟到：从描摹、表现物象逐步进入借物抒情，创造造型意境，几乎是中、西方艺术发展的共同规律。从塞尚及立体派以后，“构成”与“节奏”成了造型艺术的基本因素，甚至是主宰。于此，很易察觉东、西方艺术长河的汇流趋势。苏拉日（Soulages）、克莱因、哈当、莫斯韦尔（Motherwell）等西方当代名家更是有意无意地扑向中国的书法疆域。

六十年的绘画探索，我从加法到减法，从乘法到除法，自然而然，逐步追求，把握造型中最基本的因素。于是体会到书法构架其实就是造型构架，一个独立的字表达了一幅画的美感因素，一篇字的全貌体现了一幅画的总体效果。西方有修养的美术家即使不识汉字，他在优秀的书法前必然会领悟到其造型之美，在他眼里也可说是抽象绘画吧，这又何妨，反正书法被不识汉字的人们所欣赏，造型美感的交流跨越了语言文字的隔阂。然而，面对张旭或怀素的狂草书法，在全无审美修养者面前，却辨不出这些艺术极品与鬼画桃符有什么区别。这是谁的过错？谁也没有过错，是普及与提高过程中的必然现象，而且这过程将永远存在，旧过程连接着新过程。

我很爱听京剧和昆曲，然而我对此的的确确是门外汉，但我这个门外汉的的确确爱听，即便没有听懂唱词也无端着迷其声腔。有时对照字幕，词境优美，更加深、扩展了欣赏的层面。但有时忙于看字幕却耽误了视觉和听觉的享受，故感到还是应同时了解剧情内涵，唱词句句听得懂，则体会当更深刻。同样，在欣赏优秀书法时，有些字虽认不出来，仍感泰山镇坐或龙飞凤舞之美，但若能解读了每个字，则感受必然更深远。

中国文字多半来自象形，来自图画，后来则又因运用同一毛笔工具，书画同源便形成了客观现实与独特的理论体系。但书法原本是缘于实用价值，因之必须让读者认清字迹。在字迹可读辨的前提下讲究字体笔墨之美，这应是书法的固有范畴。今日不少书法远远超出了这传统的约束，完全进入了抽象艺术的宇宙，这个宇宙很大，西方人进进出出，东方人也进进出出，各显其艺，西方人于此吸取书法或东方别种因素，东方的书法于此吸取西方各样美术流派的特色，均无可非议。西方绘画也始于描摹物象，同中国或东方的情况正相似，而今天西方的一些流派却又趋向东方的书法抽象，不禁令人感到：书画本同源，分道扬镳后，如今又同归，东方西方正相仿。

书法发展成抽象绘画，那是书法的支脉，它尽可脱离大本营而去，开疆拓土，另辟天地，它怀着传统书法的意境当可在现代世界艺术中独树新帜。但书法的大本营谁也拔不掉，其必须可读的实用价值根植于所有中国人民的心底，与世长存。

读日本井上有一的书法，他是从西方攻入中国还是从日本攻入中国的呢？我看他曾从两方面出征。20世纪50年代的作品显然从西方攻入，黑白构架或泼墨纵横与前面提到的苏拉日等人虽运用工具不同，意图与效果均不谋而合，心有灵犀一点通。1961年的一幅《母》，沉思下来似乎进入东方的禅境了，也许这是他旅程的转折点或里程碑。70年代作者杀出了回马枪，从中国字体本身试欲重建基石，如在一个“贫”字中试作系列的不同形态。井上有一先生也临过颜氏家庙碑等中国法帖，下过基本功。作为一个日本人，他必然更具强烈的愿望要脱出中国传统法则的羁绊，但他在改变中国字形观念的尝试中，我感到还未能获得太多中国人的赏识。在字形中，中国人太熟悉祖祖辈辈的审美趣味了，倒是在其密密麻麻的成篇书写中，虽难读出字迹，却品出其具一气呵成或缠绵俊逸之美。

井上有一先生对书法艺术的贡献给我们提供了有益的借鉴。中国书法这一独特的艺术体系，包含着形象、意象、抽象等复杂因素，却又体现了概括、洗练的表现形式，因之从不同时代、不同地域、不同角度、不同个人看，它具有多向发展趋势，它的高龄而青春日渐为全世界瞩目，它是中国独有的，也将是全人类共有的。

（2000年）

美育的苏醒

美术，美术，对美与术的相互关系之探索，耗尽了画家的年华。

儿童在生活中感受到形象之美，于是涂鸦，其术也幼稚，其美也鲜明。但进了美术院校，接受了如何准确描绘物象外貌的技术训练，奴役于形似、酷肖，顾不上美感了，对美感日益麻木。我看，从原始人的绘画形式到文艺复兴技法之日臻完备，至近代最终以抒发感情为核心的数千年绘画发展史，似乎就浓缩在从儿童到巨匠的艺术成长过程中。

但技途往往使人误入歧途。

学习如何表达对象之形貌，其法有限，而如何表达对象之美感，其道无穷，因关系着作者的审美观之发展。

“技”往往受制于工具之异，因工具之异而派生的不同之技，反过来影响艺之变异。油彩和墨彩在划分西洋画和中国画中曾起了标志作用，像一盘棋局中的楚河汉界。艺术不同于下棋，在工具和手法上宜废弃楚河汉界，须不择手段，择一切手段，唯求效果。

林风眠在东、西方绘画的跋涉中，认识到艺术本质之异同，于是他创办的国立杭州艺专只设绘画系，不分西洋画系和中国画系，兼容并蓄，学生必须双向学习，先通而后专。今日几乎所有的美术院校都分油画和国画系，国画系中更分人物、山水、花鸟等科，本意当是培养专家。在一个院校的四年学习中培养专家，正如想在一个狭小的庭院中种植苍松巨柏，连扎根的土壤也没有。

我终生从事美术教学，时时面临着政治、题材、感情真伪、形式法则、艺术规律、误人子弟等等问题的困扰，此中滋味，颇如鲁迅所说的腹背受敌，只能横站。我在《美术》1979年第5期发表《绘画的形式美》提出："……而如何认识、理解对象的美感，分析并掌握构成其美感的形式因素，应是美术教学中的一个重要环节，美术院校学生的主食！"其时当然遭到各式各样的批判。二十年后的今天，见到中国美术学院"综合绘画工作室"毕业班教学成绩展览，令我十分鼓舞。教学中着力于"美"的启示，"美"的构成因素之剖析，从黑白、彩色、材质等不同角度去探索，殊途同归，使学习者直接地把握造型规律，明悟绘画之"技"只为了服役于"艺"这一本质问题。这样教学的核心着意于"眼"，有别于斤斤于"手"，眼是手之师。

来源于生活，是这一实验教学成果有别于西方艺术的自我面目，教师在教学中起了主导作用。"美"存在于自然中，又被自然的芜杂所掩隐，教师向学生揭示“美”，好比妈妈已将生硬的食物咀嚼过，以便孩子更易消化吸收。当孩子的胃更健壮了，他自己能消化生硬的食物了，我提出过“美术自助餐”的观点，即学院里应开设传统及西方的各种课程，由学生选修（学分制），学生各人各系，因材施教，因材自教，希望这将不止于设想。

今天见到中国美术学院首先实验了综合绘画教学，令我怀念我们最初在杭州艺专绘画系的学习历程。我以“美育的苏醒”为题写这篇短文，以铭感、纪念林风眠老师的教学思想体系，且深信，星星之火必将燎原。我似乎已见到美术教学的更璀璨的前景。

（2000年）

编后记

本书集结了吴冠中先生四十八篇散文随笔，分为“美学常识”“美话人生”“美学小札”三部分，并配以先生二十二幅经典画作。每一部分按作品发表时间顺序排编，由此可领会先生艺术思想的发展脉络。读者可以透过他的文字和丹青了解一代大师的艺术人生，并从中得到艺术的启蒙和享受。

先生1919年出生于江南水乡江苏宜兴县闸口乡北渠村，2010年在京逝世。

先生1942年从国立杭州艺专毕业，1946年考取全国公费留学绘画生第一名；1947年春，进入巴黎国立高等美术学院苏弗尔皮教授工作室，师从苏弗尔皮教授研修油画。

吴冠中曾说：“我在巴黎学习时，我们工作室接受巴黎音乐学院的四幅壁画：古典音乐、中世纪音乐、浪漫主义音乐和现代音乐。创作草图时，是先起草这四种音乐特色的形线抽象构图，比方以均衡和谐的布局来表现古典的典雅，以奔放动荡的线组来歌颂浪漫的热情……然后组织人物形象：舞蹈的姑娘、弄琴的乐师、诗人荷马……而这些人物形象的组合，其高、低、横、斜、曲、直的相互关系必须紧密适应形式在先的抽象形线构图，以保证突出各幅作品的节奏特点。”

苏弗尔皮对吴冠中的指导超出了大多数传统中国画家所能理解的范围：用线条来表现抽象的音乐旋律，而不是再现具体的物象；把音乐图像化，同时可以用线条具象地表现，但超出了可视的物象范围。这样的训练，不但与传统中国画有着天壤之别，与上一代画家对西画的理解也大相径庭。

正因为有这样的经历，才有了后来吴冠中对中国画革命性的创新。

1950年，吴冠中学成归国，苏弗尔皮临别赠言：“你应该回到中国去，从你们17世纪以前的传统根基上发出新枝来。”

回国后，吴冠中任教于中央美术学院。后被调往清华大学建筑系教授水彩等纯技法课。

改革开放以后，吴冠中的时代终于来了。1979年5月，吴冠中在《美术》杂志上发表了《绘画的形式美》一文，公开谈论艺术形式问题，在中国美术界引起了强烈的反响。在这篇文章里，吴冠中提出了一个影响至今的口号：油画必须民族化，中国画必须现代化。

1980年10月，吴冠中在《美术》杂志上发表了《关于抽象美》一文，指出“抽象美是形式美的核心”。吴冠中认为，抽象主义不只来源于西方，在我国的传统绘画中也有这样的形式出现，更有这样的画家用中国画的方式表达着抽象的世界。

这样的评论文章频频发表，让吴冠中在国内外艺术界声名鹊起。

艺术史研究家迈克·苏立文教授曾说："单凭发表的文字就足以使他（吴冠中）在艺坛上占有一席之地。尤其是他那强烈、简练与坦诚的表达方式，可与他所崇拜的凡·高媲美。"吴冠中自己却说："越到晚年我越觉得绘画技术并不重要，内涵最重要。绘画艺术具有平面局限性，许多感情都无法表现出来，不能像文学那样具有社会性。"他还说："我不该学丹青，我该学文学，成为鲁迅那样的文学家。从这个角度来说，是丹青负我。"不过，从对中国画创新这个角度来说，吴冠中这一生不负丹青。

他年轻时，正是林风眠等大师将西方油画引入国内的鼎盛时期。吴冠中一边汲取国画的营养，一边接受西方艺术的滋润。上世纪六七十年代，吴冠中将重心转向中国画，把西方油画的色彩与中国传统艺术的审美趣味融合到一起，为中国画的创新和发展发挥了重要作用。

艺术之神曾指引吴冠中暂时放弃中国画，来到西画的故乡，汲取西画的营养，但艺术家选择学成返国，以自己所学反哺和改造中国画，最终让传统中国画在他和同好手里旧貌换新颜，日新月异。